你再不来，就与美好擦肩而过

刘春燕 著

文化发展出版社
Cultural Development Press

图书在版编目（CIP）数据

你再不来，就与美好擦肩而过 / 刘春燕著．— 北京：文化发展出版社，2019.4
ISBN 978-7-5142-2618-8

Ⅰ.①你⋯ Ⅱ.①刘⋯ Ⅲ.①随笔—作品集—中国—当代 Ⅳ.① I267.1

中国版本图书馆 CIP 数据核字（2019）第 067595 号

你再不来，就与美好擦肩而过

刘春燕 著

出 版 人	武 赫		
主 编	凌 翔		
策划编辑	肖贵平	责任编辑	孙 烨
责任校对	岳智勇	责任印制	杨 骏
责任设计	侯 铮	排版设计	浪波湾

出版发行	文化发展出版社（北京市翠微路 2 号 邮编：100036）
网 址	www.wenhuafazhan.com
经 销	各地新华书店

印 刷	三河市华东印刷有限公司
开 本	787mm×1092mm 1/16
字 数	190 千字
印 张	13
印 次	2019 年 5 月第 1 版　2019 年 5 月第 1 次印刷
定 价	49.80 元
Ｉ Ｓ Ｂ Ｎ	978-7-5142-2618-8

如发现任何质量问题请与我社发行部联系。发行部电话：010-88275710

目 录

第一辑 暖，彼此靠近

小时光　002
暖，彼此靠拢　004
念想与意外赛跑　006
开窗，向暖　009
心的读白　012
小确幸　015
停泊的温度　018
深情　021
她叫玫瑰　024
雨天，记得带把伞　026
心，乱在亲子身　028
搀扶　031

第二辑 一篱繁花，两颗素心

一篱繁花，两颗素心　034
把生活过成旅行　037
追求年轻心态　040
优雅地活着　043
幸福，其实很简单　046
拥有童心，时光不老　048
雨水那天　050

01

藏在内心的"样儿" 052
绽放在指尖的彩虹花 055
遇见，蒹葭苍苍 058
弄花香满衣 061
拐杖·灵魂 064
父亲的小屋 066

第三辑　与世界温柔相处

火树银花年味浓 070
逢春，幸福 072
水桃桃核 074
与世界温柔相处 077
陪你一起变老 079
隐藏许久的深情 081
又遇旗袍 085
走近奇石 088
内心的宁静，是最好的修行 092
不仅仅是鞠躬 095
用拐杖敲出来的旋律 097

第四辑　开成一朵花的模样

幸运花 100
艳阳天 103
紫槐，紫槐 106

晚　秋　109
开成一朵花的模样　112
燕去来兮　115
古　城　117
静水流深　119
每一株草，也能开成花的模样　122
偷得浮生一日闲　125
煮一杯心茶，滋养如诗的光阴　128
外婆村　131

第五辑　沉韵荷塘不思归

在柞水，遇见最美的自己　136
沉醉荷韵不思归　139
消灾寺，祈福平安　143
长寿，不设防　145
那年，在街子古镇　148
华阳，鸟来鸟飞山色中　151
初遇青海湖　153
金徽城，与你再见　156
钓鱼台，钓的是美"遇"　160
西岐周公庙散记　164
穿越千年，品大唐丝路风情　167
在羌寨，遇见那一抹静静的白　170

第六辑　你再不来，
　　　　就与美好擦肩而过

针脚里的光阴　　174

写给文字女子　　177

雨　街　　180

你再不来，就与美好擦肩而过　　182

用韭菜花娶来的女子　　185

从心里开出来的九支玫瑰　　188

端午，龙舟竞渡　　190

善良，有时就是一种成全　　192

凤凰涅槃，只为和蛟龙因缘际会　　195

住在草绳上的美好　　197

原来，它一直在此地等我　　199

声若百灵，吟诵出心中的美好　　201

第一辑　暖，彼此靠近

小时光

喜安静，已好多年，不曾想过改变，或打破。

人，总会与享受牵手，甚而外延。

假期，儿子仍补课，他只能在电话那头倾诉，想家。却不能相见。缕缕思念如同长了翅膀，翻山越岭，渡河过水，腾云驾雾，攀上儿子的嘴唇、心上。

字字句句，饱含思念，也只能继续等待。

我将这些期待煮进盘子、碟子以及各种美食中，稍有剧透，儿子喉咙里，便萌生三尺垂涎，如丝，如线，绵亘，心切，念亲。

忙碌中也神悟寂寥与无奈。于我来说，时间过于漫长。

两侄女结伴而来，我的思念有了依附。

我置身于家，穿梭于几间小屋，从早到晚，一日三餐。分分钟，溢满香气。姑侄仨，头发、衣服、角角落落，被各色美食香气浸染。

小姐妹俩，一听有薯条，心中盛开着的花儿，立刻浮在脸上，几分欣喜，几分急迫。我打开冰箱，撕开保鲜膜，露出乳黄色薯条，一根根，满是诱惑。花生油温热，五分熟，将薯条溜入，"刺啦"一下，像是孩子们兴奋的笑声炸开锅，争先恐后，跃跃欲试。取一双竹筷，翻动几下，竹笊篱控干油分，倒入盘中。

端桌上，两姐妹"嗖"地围过来，嗅闻，许久，才肯去洗手。配上番茄酱，蘸着吃，津津乐道，说很肯德基。姐姐发现，番茄酱竟然是肯德基指定的亨氏，妹妹边吃边听。

两人邀我一起吃薯条，我不能拒绝。

姐妹俩心有灵犀，一个管薯条，一个管番茄酱，通力合作。我真真体验到时光美好，唤回儿时光阴。

我和她们一样大的时候，泡在书中闻墨香，蹲在菜摊旁写作业，偶尔来两个买主，我很顺溜地完成流程：提秤，称菜，报数，算账，收钱。不卡壳，很娴熟。村里老者，故意逗乐，佯装买菜，考验我算账速度，几经折腾，也不曾将我难倒，这才肯罢休。

在那个二分钱买一盒火柴的年代，大凡能买菜吃的主，都是家里有固定收入的。

我家经济拮据，但人勤春早。种上一些蔬菜，一筐，一篮，一小簸箕，一排排，青翠萝卜、诱惑红番茄、紫色茄子、绿莹莹黄瓜，在四季里竞相涌入。

一股清香，一溜烟钻入鼻，乘风，踮起脚尖，与来人的嗅觉缠绕，紧紧的，汩汩的，一会儿会儿，恋上它。长辈尤为甚喜，看着，赏着，继而让鲜嫩的菜蔬，躺进衣襟里，卷着，裹着，用手压着，心里踏实，然后细细思忖，该将这五彩斑斓的新鲜蔬菜与什么主食"撮合"，成就一段"佳缘"。

而今，侄女们已无须忆苦，只管思甜，给小时光注入欢喜。

人，这一生总有羡慕，我羡慕孩子们"轻装上阵"，随心所欲，主宰自己的生活。即使是当下目标，也要尽力实现，而有时，我们也被人羡慕。

没有那么多的高大上，很日常，很烟火的人生，真味是清欢。

暖，彼此靠拢

清早，坐在办公室，接到共进晚餐的邀约电话。

我和她好久没联系了，她说做了准妈妈，高兴、恐慌、珍视，各种感觉汹涌而来。她，正值芳华，26岁，上班三年多，体胖，但喜欢爵士舞，跳起来很有范儿。

她很不易，两地分居，小心翼翼地尽力呵护着爱情火花。

等和她相见，却发现，她略显疲惫，两眼无力，上眼睑臃肿，肤色晦暗，写满了憔悴，腹部被大衣包裹着，却难阻隔我对孕妇体型的想象。

她说，已休假一月余，回单位上班第一天，便邀我聚餐。我倍感温暖，比她大一轮半，还能和她共享"亲密"，甚喜。

文缘聚拢她和我，妥妥地安放两颗心，且交好，又是一喜。

她疏忽，头胎和她相处两月，却擦肩而过。那时她还不懂后怕和恐惧，直到后来听人说。从此，半年内把身体养好，恢复了元气，才有了"福气"与新鲜生命邂逅。

半年过去了，她无意间发现又为人母，百感交集，猝不及防，小心翼翼照顾着腹内的小生命。她这次能有缘与宝宝相遇，是第三喜。

不知是否因了"人逢喜事精神爽"这句话，她脸上老有一朵盛开的花，灿烂地荡漾着。脸上的一对小酒窝原本不大，现在倒显得深邃，幸福满满。

腊月，天冷，围坐火锅旁，谈笑风生，娓娓道来，温暖时光。

又约了好友，两人一排，将一张矩形桌子拥入怀。蓝色火焰，分外妖娆，舔舐锅底，扭动着妖精般的杨柳腰，含情脉脉，温柔肆意，几近泛滥。

她给我们面前各自的瓷白小碟里夹菜，叮嘱多吃点。

我站起来给她夹菜，嘱咐她育儿应注意的事项。她答应着，微笑着，眼角里，闪烁着感动、温暖，她说从没有人给她讲育儿的经验，她很想善待小生命，可无助。虽说，她整天浸泡于少儿书囊中，从未静下心读过，亦不能适应角色的转换。

面对她的顾虑和困惑，我们心底有了新的想法，给她制定了一套切实可行的方案。

月光如水，窗外灯光如织，映照在窗帘上，与屋内橘黄色光线轻柔交汇，温暖了我们彼此的心。

"茫茫人海，相遇靠缘，相知靠情，相守靠的是温暖……"她柔柔地说。

念想与意外赛跑

年关,我早上起来,趴在窗台上,看着楼下忙忙碌碌的身影,车辆排放,仿若卧龙,却怎么也不知,今天该安排哪一件迎接新年的年事。

端上一杯茶,将蓬松的头发,连同脑袋埋在热茶冒出的白雾中,几分湿气,潮润发丝。几天以来,都宅在屋,落在文字中,勾勾画画、敲敲打打,没完没了。

望着小区里,购置年货回来的人,有老两口的,有一家三口的,有"女汉子",也有男人停车,从后备厢里取大小袋子的……都准备充裕地过年。

儿子还没放假,远在三百里地读书,至今未定归期,心里空荡荡。就像飘在外面路上的塑料袋,像树顶上的叶子在空中旋舞,又像浮萍一般,漫无目的,沉沉浮浮。

一向阳光、乐观的我,总不能把自己淹没在怅惘、彳亍当中,于是,踱步返回客厅,取来手机,看微信。

昨晚,不小心,又熬了夜。今早,起来晚了,想着窗外新鲜空气早蹦蹦跳跳、踮着脚尖迎接今天，索性，也冲出去，和它热拥，这才舒爽。

她的头像那里，有红色数字，知晓她给我留言，什么情况？

打开链接，是她写在自己新浪微博里的博客，我慢慢读、细细看，她又说是心情日记，我却不这么以为。

或许，到了我们这种年龄，上有老，下有小，工作上闹心的事不少，身体无恙就好。

她在博客里说，她调到百公里外的市区，很久没回县城。临近过年，想回来上坟，顺道给和我同住一小区的姐姐带点年货，当然，也想看看老同事。

自从她到了市区，忙得腾不出空余时间，又巧，"老来得子"，升级版"宝妈"，幸福接二连三，唯觉，时间不够分。难得，她的电脑今天出了故障，请人维修，她才得空，给老同事打一电话。

——你感冒了吗？声音听起来哑哑的。

——嗯，有点！

——抓紧时间治疗，今年流感猛于虎。

——嗯。就是。我就在医院住着呢。

——住多久了？医生怎么说的？

——一个多星期了。医生说手术做了，该切的也切了，后期还要好好治疗。

——什么手术？切下来的东西做检查了吗？

——肺上长了个肿瘤，切掉了，检查了，医生说不好。

……

她在电话这头听到老同事的嗓音里混进哭腔，她问清医院，买了东西，一路狂奔，去探望老同事。

在医院，她见到了老同事腋下一尺有余的伤口，她心"突突"。她说了一些安慰的话，似乎别无他法。直到老同事媳妇送她出来，走在楼道里，眼泪"呼啦"一下汹涌而来，哭着说道："他才五十多，却得了这病。手术单上签字那会儿，我连个商量的人都没有，父母耄耋之年，姐妹家里负担重，孩子刚参加工作，没阅历……右边肺叶紧挨着胸腔和动脉血管，稍有不慎，就可能下不来了……"

她听着，内心翻腾着。酸楚、痛苦、无言化作两行泪，扑簌簌，如雨落。老同事的媳妇，文化程度不高，正式工作不好找，做零工，贴补家用。

她劝：你要坚强，现在是最需要你的时候，你一定要照顾好自己！

我看着她的博客，想到了前几年，一位校友，和我当今年纪一般大，患上肺癌，化疗，最后，狠心抛弃妻子，去了另一个世界。全班同学，去参加葬礼，无言，只有泪，只有痛！

前年腊月，小年先一天，我去市区办事，接到短信，说作协秘书长走了，我惊愕万分，难以置信。心里也知道，这种事情，谁也不可能无聊至极，去撒谎，然而，还是打电话核实——毋庸置疑。他和我同岁，同村，怎能相信？

那年，自从上半年笔会见面，好久没有见过他。总说挺念想他，找他去了解一些民歌，老说明天去，谁料，明天何其多，又有谁知，没能等到明天，我对民歌的念想，对同乡的念想，断了翅膀，意外抢先一步。

那天如昨，意外挡住明天。

人，年龄渐长，自会内敛许多，可总希望做好念想和意外赛跑的裁判。

念想，在路上奔跑，意外永不上路，如此多好。

开窗，向暖

立春已过，算是春天了。

假期，时间显得充裕。睡到自然醒，原是上班期间梦寐以求的奢侈，现在却很快享受上了，感觉倍儿爽。

睁眼，屋内光线明亮许多，约莫有八点。粉色窗帘，薄薄的，淡淡的，均布几束玫瑰花，平添丝丝温馨、浪漫，光线穿过布帘，肆意铺洒在床，粉色碎花棉被、粉紫色顶灯、紫红色蒲公英墙贴，相映成趣，生机盎然，春，悄然而至，漫延，再漫延。

我被一点一点地包裹，徜徉其中，很仙女，更不愿起来，于是，便拿着床头的书，斜倚，品赏曼妙文字，轻嗅缕缕墨香，一丝丝，一缕缕，一页页，透过文字，浮想联翩，或清新，或唯美，或哲理，对文字的溺爱，不能自抑。

他在厨房，"叮叮当当"切菜，豆浆机蜂鸣声，穿过玻璃门、卧室木门，传过来，淡淡的豆香，拽着被角，拉着我的衣袖，攀着我的鼻子，与手中的墨香争宠。

"粉色公主，快起来吃饭咯！"他推门进来，站在床前，一脸阳光。

我下床，拉开窗帘，拉开推拉门，再拉开外边窗户玻璃，只留纱窗。阳光、风儿，趁机从纱窗眼里跟了进来，轻轻的、柔柔的、暖暖的，若有似无的感觉，甚是微妙，不由得，伸个懒腰，亦觉舒服。

开窗，最想见的是阳光。

刚才窗帘拉着的时候，我未意识到窗外会有太阳。脑中图像如昨，阴天，丝丝凉意，不像是春天。街上，大多是身着棉衣的人，偶有一两个年轻人穿呢子大衣。凤城的春，像是来得很晚。

故，生活在北方的我，极喜欢阳光，尤其是在春天。

回过头，他已站在我身后，不忍打扰我站在纱窗前，呆呆的样子。

生活中，放空自己，呆呆地望着天空，对忙碌在琐事中的人们来说，也是一种奢求、一种憧憬。然，我今天获得，定然会珍惜。

"看你站在晨阳中的样子，我都觉得你是太阳，好温暖！"

不知何时，他也学会说暖暖的话了，听起来，心里暖融融的，像是将后羿射下来的九个太阳，全部拥入我怀，装入我心。

因为温暖，我心绪飞驰。

曾几何时，他去了市里，和我相距百余公里；家里唯一的孩子，也去外地读书。三室两厅，我独居。

白天，各自忙碌，晚上，他总挤时间和我通话。叮嘱我记得加衣服、多喝水、能出去走走最好……我说你总觉得我长不大一样，他笑笑说，以后他不说这些了。次日，他变换角度，又是嘘寒问暖，千叮咛，万嘱咐，唯恐我照顾不好自己。

其实，我在电话这头，分明感到他在疲惫里坚持，在行走的车中，用蓝牙给我送暖。我说，你不用这样惦挂，我已过不惑，能独行。然，他说女人怕冷。

冷，孤零零地站在字典中，这个字，读起来，都会觉得浑身发抖，想蜷缩。我一到晚上，就怕冷，钻进被窝，手脚冰凉，即便睡一宿，也暖和不了几分。

　　他，外出，有空则带回红枣、枸杞、阿胶等一些能给女人驱走寒冷的药材，家里暖气，多年没开，他灌上热水袋，塞进我的被窝。丝丝温暖，扩散至全身。

　　一些美好的回忆，温暖了一枕的清凉。

　　人暖，笑容暖，心更暖。

　　窗外的太阳，依然热情地铺洒在南窗上，春暖如花，心里暖洋洋的。

　　想起海子在《面朝大海，春暖花开》里的温暖生活：

　　从明天起做个幸福的人

　　喂马劈柴周游世界

　　从明天起关心粮食和蔬菜

　　我有一所房子

　　面朝大海春暖花开

　　……

　　他唤我赶紧洗漱，吃饭。

　　紫甘蓝，在雪白浅盘中开成花的模样；乳白色琼浆玉液般的豆浆，似素锦，如软缎；带着南方温婉气质的橙子，醉眼黄色，瓤肉水润、晶莹剔透。

　　满屋的豆香，浸染了角角落落。花上、绿植上、我们的头发上、衣袂，均有淡香弥漫，仿若，去了大自然中的黄豆地。香味，打着滚儿、跳跃着，奔跑着，漫无边际，兴高采烈。

　　儿时，向往去黄豆地里，看鼓囊囊的豆荚，像娃娃咧嘴而笑，也有豆荚露出"肚皮"，那模样让人忍俊不禁，又像弥勒佛的肚皮。站在田间地头，聆听风吹豆荚响的声音，"哗啦哗啦"，好似手风琴在演奏，时而高亢，时而低回，顺风，飘出地垄，飘向田野，飘向远方……

　　我，若躺在粉色卧室内，不开窗，哪知向阳，怎会觉得温暖？

　　适时打开窗户，给心，一个向暖的机会。向暖，心安。

心的读白

生活在烦琐俗事中，不得不练就一颗沉稳、强大的内心。

早上六点不到，闹钟已然叫嚣，催促我赶紧起床。我不敢有丝毫怠慢，醒后，稍微平躺于床，静静待一两分钟，再缓缓起床，迅速穿衣，洗漱，做饭，吃饭，打扮，洗锅，出发。

舒畅："读白，亦独白。读白，也留白。"

每天去距离县城十五公里的小镇上班，中午在学校食堂就餐，或者自己煮面条，对付肚子，下午又坐公交回到县城。时间安排很满，几乎是多项工作同时铺开，可是，我的内心却是充裕、丰盈的。

心，需要沉淀。

人浮于事，成了一种常态。然，在这种氛围中，学会沉淀，更是一种能力，一种态度，一种境界。我有意识放慢步伐，给忙碌的心，一个缓冲，一个华丽、优雅的转身。

每天早上，早操铃声响起，学生提前在操场边上站好队，等候出操。我一般也会提前五分钟，提着长裙，或者长外套，从教学楼上下来。学生抬头看见二楼拐角处，有熟悉的人影掠过，心里自然踏实许多，班主任来了。

十五六岁的少男少女，青春年华，有他们的喜爱。心有所依，人有所乐。学生的心，所依之人，首选班主任。

我下楼来，从他们身旁经过，然后再站在队伍最前面，清点人数。我的目光，与每个学生的眼眸相遇，互相微笑，心灵交汇。彼此的脸上，绽放最初的美丽。

初心难改，此刻，我与学生的心紧紧相连。

班上一位同学，经常迟到，班长汇报时，脑袋向后一转，我大体就知道此中意了。因为，那位同学站位在最后一排。班长不说多余的话，一个动作，彼此，心领神会。

迟到的同学，来校后，从不去我办公室。我主动来找他，见到我，领首，垂眼，脸微红，不语。我拍拍他的肩膀，会意一笑。

给他的心灵留白，他有时间来读自己，读内心。自我矫正的效果，随之也体现出来。两年相处，他读懂了自己，迷恋上看小说。参加征文比赛拿到省级一等奖，令己令人，委实吃惊不小。他在别人一脸惊愕中，寻回一个闪亮自己，他笑了。

于我来说，与学生相处，就是与心灵碰撞、交汇，引导他们树立自信，找寻自我。敢于发现内心，遵从内心。

谁不是谁的谁，但，自己却是心灵的主人。读懂心灵，就读懂了自己，才有可能读懂他人。时下，学校里的弱势群体，时常受到关注和帮助。班上的一位同学喜欢打篮球，就是上课不安心，依赖手机。

一次，我和他在操场边闲聊，漫无目的。忽然，我发现操场西边的龙柳别有一番风味，于是，我请他帮我拍照。他欣然应允，出乎意料。等到我几张拍下来后，调换角色，我给他拍。起初，他腼腆，或说羞赧，后来，我让他细看这棵龙柳，南北两面，长势迥异，他兴奋，立刻走近，观察。从心灵入手，他同意拍照了。

回到办公室，我一边沏茶，一边思考。老师若给学生心灵读白的时间、机会，他就可用多种方式来表达内心想法、情感、愿望。

往昔，我用在原来的教育方式下成长起来的思维，去引导、教育学生，发现，我喋喋不休的举例、说教，完全占用了他们的心灵。

"绑架"心灵，不说是否道德，单就给学生心灵留白这一点来说，就已经不对了。

给心灵放假、留白，将心灵深处的光阴，镌刻成一些美好，婉约成一首清丽的诗，沉淀岁月，享受静好！

小确幸

年三十，外面的鞭炮声，"轰隆隆""噼噼啪啪"，仿若惧怕"年"这一怪兽，恨不得震跑它，故，窗外的响声，震耳欲聋、此消彼长。

他，在厨房收拾碗筷，我坐在沙发上，怀拥抱枕，等候春晚，隆重登场。儿子，取过果盘里的桂圆，递过来。我喂到嘴里，越发觉得甜香，如线，一丝，一绕，盘缠在味蕾，真真的甜，裹着幸福，渐渐葳蕤，缓缓漫延，到神经，到细胞。

低头，见到抱枕，"何若冰"格外抢眼，一束幽兰，绿叶狭长，从容生长，一片，两片，三四片，不枝不蔓，幽雅，安静。看着，赏着，我想起了如烟姑娘。

那年，那月，在贵州诗词群里认识如烟。一阕清词，激发我内心，开始澎湃，很快，我也恋上填词。人说，男诗女词。我不管那些，尽管信手涂鸦。后来，竟发现，如烟是西安姑娘，老乡啊，心，更近了。

她喜欢我的第一个笔名，说，觉得冰洁玉清，不容亵渎。我隔屏发去微笑、拱手表情。

我与她相约，去灞桥，冬看鸢尾岛的芦苇，灰白，仿若羽毛，丝丝绒绒，层层叠叠，擎起。风来，芦苇朝一个方向，摇晃，不紧不慢，柔若白狐，几分妩媚，几分妖娆。

她走下去，临水，抛起长袖，似狐尾，鼓起，划过，令我惊呆。她喜吹笛，横放唇边，轮换玉指，婉转低吟，柔肠千回百转，百转千回，此意境，恍若带着宋朝时光，姗姗而来，怎可抗拒？

如烟知晓幽兰与我有缘，她与我在书院门闲逛，亲眼见到我在幽兰团扇跟前驻足良久，终是带它回家。

十字绣，时兴，她一针一线，一片叶，一片叶，一个字，一个字，绣好，赠我。一叶一字总关情。

我与如烟相识多年，她唯喜古装，且自编舞蹈，与填词相伴。不求薪酬多高，只愿能拥有自己的喜好。因喜，而好。

怀拥抱枕，好似又见如烟。"若冰姐——"唤我的人，不是她，是儿子，我"呼"一下，出了时光的回味，目光，落在他手里的桂圆上。

再过一年，儿子高考，回到我跟前，已然是小孩。"恭贺新年，恭喜发财，红包拿来！"他跪地，磕头，拱手。

我笑，幸福，洋溢，起身，扶起儿子，递上红包。他亦喜，道谢，紧紧依偎我身旁，头歪在我肩膀，胳膊从我臂弯穿过，"妈妈，我爱你！"

此时此刻，我拍拍儿子的手，说，妈妈也爱你。他伸手在彩色格子盘里，取来一颗糖，塞到我嘴里，自己也吃了一颗。甜，真的甜，空气里裹着甜丝丝的气息，盘绕在我和儿子的头顶、屋子的角角落落。

他或许闻到甜味，从厨房出来，"有我的吗？"

——"当然有。"

——"儿子，真甜啊！"

——"爸爸，糖甜，还是我甜？"

——"儿子，甜！"

016

他和儿子，也腻腻歪歪。

儿子脸上漾着一朵花，在乌发、白皙的皮肤上，绽放，盛开，丝丝香甜，一点一点，沁人心脾。

他擦掉手上的水，过来挨着儿子坐下，儿子给他嘴里，也喂了一颗糖。

我和他，快乐着儿子的快乐，幸福着儿子的幸福。

人生苦短，许多幸福稍纵即逝，就想拽住幸福的衣袖，永不放手。

精神幸福，是最大的幸福！

有他，儿子，如烟，足矣。足矣！

停泊的温度

除夕前一天，儿子才从省城回来。

在家，腻歪歪，哪里都不想去。说是和我待的时间太少。的确如此，我每次去探望，都只能陪他几个小时，来去都是带着"匆匆"两个字。

这次，儿子回来，说，家里的一切的一切都那么好，那么温馨。我心想，大抵是生于斯，长于斯的缘故吧。

大年初一，窗外，有了阳光，柔柔的，软软的，颇有春风和煦的意味。大多数人都去丰禾寺、消灾寺祈福。儿子提议，出去走走。我随同。

双足出户，自然是好。

拥抱大自然，最为纯情，最为美妙。

路上行人，稀稀疏疏，走了一路，也没碰见熟人。

街道、广场、河堤，较往昔多了几分清净。

偶见，一两个男童，在玩一种名叫"七火"的响炮，"嗖——叭"一声，小男孩嘴角上扬，脸上，淡淡漾着一朵花。欣喜，满足。

我家小宝——儿子，说，小时候，他不敢玩花炮。听到巨大的"轰隆"声,他总会蜷缩成团,双手捂耳,头深埋于怀中。故,没留下多少记忆和念想。

如今,他已长大。离开这座小城五年。更多的是体味、感知小城的温度。

他绕着新建路、天水路、河堤路、滨河路、廊桥、新民街、临江路走了一大圈。他手插裤袋里,漫步,细品,回想。

回想,温度依旧。一任春风拂面,撩动思绪。

小学,六年,他曾在小城度过。那年,地震,灾后,学校整体搬迁,从新建路搬到艾黎故居附近。

我的学校也整体迁至小城,却在凤中路,两所学校相距两公里。风雨无阻,照常上学、下学。

儿子一年级,我学校没了宿舍。只能租房,生炉取暖。不慎,中煤毒。庆幸的是,不严重。急忙,带他去医院。他趴在我背上,昏昏欲睡。我头疼,咬紧牙关,坚持。

我上语文课,势必跟班上早读,几乎每天都是。送儿子上学,只能挤时间。我选择变换交通工具,放下花一周学会的自行车,又花半个多月,学习骑踏板车。十分钟,打个来回,基本不耽误上早读。

分分钟,我和儿子都在相互支持,相互鼓励。

儿子,不负我望,不负他心。终于考进省城重点中学,他乐,我乐。

寒暑假,回到小城,总流连曾经走过的路。说,想念曾经。

渐渐地,他又考入重点高中,各种竞争、各种学习,他回到小城的时候愈来愈少,有一种"客"的感觉。

小长假,儿子回来,来不及。我赶过去,住在省城,陪他。

仅有过年,他才能回来,待四五天。

沿路走,沿路看。他说,小城变化很大,新而有特色,美而有亮点。我问:那你还能融入其中吗?

他回答：小城如何变，他的体温却依旧。

儿子回来，全然放松，随心所欲，和在学校大相径庭。甚至，如同温柔的羔羊。

孩子，只有在母亲跟前，才可忽略年龄，返璞归真，直抒胸臆。

小城的体温，还有记忆。

天水路上，岁月里的小房子，三三两两，还有影子存在。多数，旧版，已去。

他，回望。

突然，一座立体车库"冒出"，擎天，而立。他，着实吃惊。

家，是他的港湾，小城亦是。

他，站在嘉陵江畔，远眺。

水，嘉陵江的水，汩汩流动，流过春夏秋冬，流出朝朝暮暮，却无力改变向西行驶的模样。

人，还是从小城出去，又归来。

抚今追昔，人是物非。

然而，依旧可以感受到家的温暖，小城的温度。

不冷不热，刚刚好！

深　情

　　母亲，格外辛劳，不分昼夜，忙碌不停，把一份"民以食为天"的责任，从劈柴、烧水开始，一点一点，装进碗里，装扮成色香味俱佳的美食，令人垂涎三尺。

　　她，如此辛苦，我于心不忍，可忙于自家事，很少去帮忙，有时，反倒当一回食客，坐在方桌前，美美地享受带着一种深情的面皮或者面鱼，唇齿之间，散发着淡淡的麦香，原汁原味，吸溜，入嘴，满口生香。

　　望着母亲身上的衣衫，层层叠叠，尤其是裤子，将她微微凸起的肚子勒紧，似乎与她作对。来一个顾客，母亲就得半弯着腰，取面皮，切成条，抓一把烫熟又放凉的素菜，从各个瓷盆里舀出调料，淋在大铝勺里，将面皮、黄瓜、包菜、红萝卜丝进行均匀搅拌，然后再倒入碗中，绕过车子，端到桌子上，替客人递上筷子。

　　弯腰，直立，侧身……一连串的动作，完成起来难度不很大，却很频繁。这期间，不知裤子拉链要使出自身多大力气，与母亲的肚子相顶。

　　我回家后，没跟母亲商量，参照我的衣服尺码，略大一号即可。于是，我网购了一套运动服。

初中，听母亲说狼牙刺的花儿特别美，自小就特别喜欢。说我外婆打发十几岁的她去田野、山坡找猪草时，但凡遇到紫花，她都赞不绝口。那个年代，没有现在花种多，见到的都是野花。

不管是达碗花、牵牛花，还是狼牙刺花，她都喜欢，只因那紫色，或深或浅，都能入眼。后来，在时间的过滤中，她偏喜淡紫色，说比葡萄色浅，比白云柔软。

母亲说过后，我便记在了脑中。

特意选了紫红与紫色拼接款，显瘦，又满足了母亲的心愿。

每个人都有自己的小心思，母亲也是。

周五，我中午下班，给母亲捎过去，递给她。之后，我又电话告知，晚上收摊回家后，试一试，或大或小，均可调换。

以往，母亲嫌换货麻烦，大小都凑合穿。这次，我特意叮嘱：不合适，就换。

晚上，母亲给我打来电话，那头，声音明显兴奋，字字如音符跳动，句句如歌，仿若孩童，欣喜万分。她声音猛然清脆许多，说，这衣服怎么这么合适啊，颜色、款式、大小，都刚刚好。面料也温软，喜欢。

岁月如歌，二十多年，未曾见过母亲如此高兴，亦不曾听见电话那头的母亲声音如歌，且如儿歌，如此酣畅淋漓。今把酝酿了好多年的歌，浓缩成每一寸光阴里的美好与快意。

老小，老小，人老了，似小孩，一点不遮掩，喜欢直抒胸臆，自然流露。

我闻听，也欣喜，似乎受到母亲的感染，随着兴奋起来。

趁着母亲身体健康的时候，能把孝心化作生活中的暖，就好。别在那时，说爱来得太晚。

享受着母亲的满意和满足，我笑了，母女，父母和孩子之间的温暖与理解，有时，极其微小的事，亦能令彼此欢呼雀跃许久。

父母和孩子之间的爱，亦需要养分和力量，点点滴滴，都可以穿过心房，温暖如春。

我幼小时，母亲给予我许多温暖，而今，我能待她如初吗？

温暖，抚慰，牵挂，皆能深情地流淌着爱！

母亲陪我长大，我陪母亲渐渐变老。

一天，我上班路过母亲摆摊的地方，恰好，坐在靠她这边的窗户跟前，拉开玻璃，看到母亲穿着那身紫红色运动服，母亲背对着我，我没惊扰她，只是注视着她的背影。

母亲依旧忙碌着，依旧重复着那一串动作。动如紫气东来，仿若朵朵紫花，在岁月里深情绽放，绽放……

她叫玫瑰

五月，似花的季节。我又见到了她，微信名叫玫瑰，头像很诗意，侧影。

我喜欢那种朦胧感，故此，对她便有了三分熟，似曾相识一般。后来，我试着翻看她的朋友圈，发现她的生活异常丰富，国内外旅游，成了她生活中重要的一部分。于是，我很好奇，试探着和她闲聊起来。

她比我小，我称她为玫瑰妹妹。她也呼我一声姐姐，也在我的个人相册里察看了过往，说我对生活的热爱，到了极为细腻的程度，她很感动。我亦很欣慰。

作为一个喜好文字多年的人，能有人，尤其是陌生人欣赏，心里的舒坦不是一个词、两个字能表达的。于是，这心门打开了。

她，兼职做代购。但和我以前遇到的代购不一样。

喜欢让自己活得美好，是我坚持了二十五年的一件事。比我爱好文字少了几年，但是，每天把自己活成花的模样，从未间断。

晨起，伴着清新的空气、清雅的古筝曲或者二胡曲，开启轻描淡画模式。偶尔，还能听到窗外几声鸟鸣，一切在风轻云淡中漫延。黛眉、粉唇，简单勾勒。出门，片片阳光洒在脸上，如金子闪烁，生机勃勃，迈进新的一天，见到新的美好。

玫瑰妹妹，主动爆照。惊诧了我的双眸，俨然是一个美女。我的欣赏眼光，自认为很不错，所以，在我眼里的美女自然有她的征服力。

玫瑰，是爱情的象征。我和她会有喜爱彼此的故事发生吗？

但凡我需要的护肤品，就发给玫瑰妹妹。过不久，她的头像那里有了一个圆圆的红数字。我知道，她回复了。

有现货，就直接发；无现货，立刻给她闺密说，海外购。她的热情宛若玫瑰色，熟透了的红，不是那种淡淡的色，淡淡的味。

我和玫瑰妹妹的感情在时光中慢慢沉淀，渐渐有了一种相见欢的感觉。她每次给我最低价，我照常给她微信付款。玫瑰不着急收款，而是给我发回来一个红包，点开一看，温馨满满的 5.20 元，意为我爱你。

以往，我的心如潺潺小溪，缓缓流淌，随心随意；而今，却好似迸发的急流、瀑布，一泻千里。

又一回，给我的是 6.66 元，祝福我一切顺意。

在商言商，传说了许久，许久，无处可查。而玫瑰妹妹在用一种情怀做事，给予的温暖，早已超过凉意铸就的交易。有温度，有情意，我心喜。

多少男子跪地求爱，必有一个动作，双手紧握玫瑰，仰视女子。然，我不是男子，但我却仰视玫瑰妹妹。

在网络上的你来我往，早已习惯了照例办事即可，很少多说一个字，多问一句话。遇到玫瑰，我才有一种久违的感觉。每次，都是她帮我跟踪快递行程，之后，我的微信那头便有了熟悉的红色数字：姐，货到了吗？有无破损？

玫瑰在我的微信上、心间盛开。忽然想起那句：你若盛开，清风自来；心若浮沉，浅笑安然。

雨天，记得带把伞

  雨，不紧不慢地飘着，落着，一丝一丝，斜斜地，湿润从空中到地面，似乎不打一点折扣，自由，闲适。雨中人来人往，各色伞，阻挡着雨滴，它不落在行人的头上、发梢，或者肩膀和脚面上，依旧自唱自欢。
  我喜雨，曾在书本和影视上见雨打芭蕉，烟雨楼台，那缥缈如纱，细雨如歌、如诗的意境，朦胧主调浮上眼眸，不禁想胡诌几句，不负光阴，不负雨景。
  夏已过半，这几日的雨却不那么狂躁，温柔无比，俨然忘记了这是在阳历七月。
  适逢周五，搭同事顺风车去市上。从小镇出发的时候，天，微阳，闷热，我穿的粉蓝方格棉布旗袍，都觉得脖颈里有些微热，心想，自己走时该把那件低领盘扣中国风裙子换上。后悔，已无济于事。
  到了市上，天微雨，我又庆幸自己没换衣服。我的电话响了，是母亲的，燕，雨天，记得把伞带上！
  曾几何时，我也给正在上小学的儿子说过这句话，他头也不回，冒雨去学校，望着他的背影，我将雨伞紧紧攥在手里，怔怔地，数秒后，反应过来，赶紧去追。

我追他跑，还扔过来一句话——这点雨，没事！

而今，母亲不知是感觉世上有雨，还是习惯性的关心，千叮咛，万嘱咐。她曾告诉我：晴带雨伞，饱带干粮。而在我成长的几十年，时常忘记，偶尔会在车站、地铁口花十元钱买一把伞，结果有时身上已经湿了许多，只是为了衣服不再湿，才买一把便宜伞，凑合，因而，家里这样的伞有许多把，母亲说我已经能开伞店，可是，我还是源源不断地往家里买伞。

人这一生，不经历风雨怎么见彩虹。然而，雨来了，有能力在雨中奔跑，就可以淡去对伞的渴盼；倘若没了力气，那时，则需要一把能避风雨的伞，旧点也好。唯恐，某些人一生的词典里缺少"未雨绸缪"四个字，只懂得随遇而安。

人啊，走着走着，就散了；日子，过着过着，就淡了。豆蔻年华却初识愁滋味，慨叹"黄连苦，人心恶，江湖险，人情薄"，似懂非懂，还觉得意味深长，认为很有成熟感。

现在，已至中年，再次看到"雨天，记着带把伞"这句话的时候，心里颇有感触，曾经和儿子一样在心里筑起的一道安全墙，那点雨，不足挂齿，哪管前面有无暴雨，有无凶险。后来，在世事沧桑的磨炼中，逐渐泡软了墙根，总算有了坍塌的地方，不再硬生生地在脸上写下"坚强"两个字，将年少的轻狂放下，而是深深感觉到，雨天，有伞，心里全是暖，尽是浓浓的爱。

雨天，有一把伞，会觉得格外温馨，伞上滑落的不是雨珠，而是泪珠，感动的泪。伞，如阳光，那些连绵的雨见光散去，胸中更暖。

当今，人们的脚步里总有匆匆的影子，来不及看路旁的风景，更忽略了街角转弯处的美丽，时常提醒一下自己，给自己一个微笑，去看这个世界的美好，去在意身旁的温暖。

雨天，记着带把伞！

心，乱在亲子身

半夜，手机铃响，我诧异。

会是谁打的？伸手从床头的玻璃电脑桌上摸来，一看，西安，又一头雾水。

不接，它还在响；接，又不认识。我的脑子里像是开斗争会，没主意了。算了，接吧，反正不掏话费。可在那一刹那，我忽然自问：会不会是诈骗电话，大概是最近接到的各种推销电话太多，戒心增强的缘故。

原来是儿子学校的宿舍生活老师打来的电话，他告诉我，孩子只请了三天假，却已五天未到校住宿了。我惊呆，甚至有些语无伦次，怎么会，怎么可能？

儿子从来不会无视校纪校规，这次怎么能这样做？我心中有些没谱了，莫非他在几百里外的省城，学会了叛逆？不，我不信！

我赶紧和他联系，才知道儿子已发烧住院五天，但高烧不退。我的天哪，身体瘦弱的儿子，怎么能吃得消，我愈想，心愈不安，恨不得插翅飞往。

躺在床上，仰望头顶的吸顶灯，似乎每望一眼，里面都有儿子一张烧得痛苦的脸庞，红似火，像是说，妈妈，你快来！我的心揪紧，揪得疼，钻心的疼。

儿子，即将高三，现在其实已经进入高三状态，在这个时候，他的身体出了状况，不说学习如何，就从他遭罪上来说，也够他受了。我的心，开始乱了。

我担心，我怕！

次日，清早，他发信息说，儿子已转院。神啊，终于知道转院了。

早上开考，第一门便是我的监考，人站在教室里，心却乱如麻，不想说一个字，好不容易挨到十点，我的语文课考完。我迅速跑进办公室，拿起手机，给儿子打电话，询问目前情况。

妈妈，我现在没发烧，你还来啊？没事，我只是下午五六点、晚上十一二点发烧，每天如此。

我听着儿子告知的病情，心里的石头像是落下一些，又像是没完全落下。

学末，各种资料汇总，忙飞的节奏。无奈，我一天连一口水都顾不上喝，改试卷、做分析、写总结、完成征文和心得体会，分分钟的忙。只想趁早把手里的活干完，好请假去西安看病中的儿子。

可是，由于家里的一点原因，我又迟疑了。去，还是不去。乱，好乱！

在这事之前，我做事向来不会乱了分寸，遇事很有主意。十年前，儿子出了一次小意外，额头撞破，血直往外冒，我听到电话那头传来的哭声，先是惊诧，接着立马掉转车头，去医院，忙前忙后，直到给儿子缝针，他一万个不情愿，脚踢，拳舞，我的心被撕裂，儿子额头渗出的血，红红的，像是我心头血，淌一滴，我心颤一下。后来，医生拒收，只能去市中心医院。

可那天，很不凑巧，省道黄牛铺段油罐车爆炸，封路，我只能叫来一辆出租车，将输液瓶绑在竹竿上，一头放在车窗外，让儿子躺在我的怀里，从太白县绕行百公里。当时，我拿走我所有的积蓄，甚至想着贷款，都不能放弃对儿子的治疗。

庆幸的是，在市医院经过各种排查，确定儿子完全是被吓成那样的，外伤无大碍。但到现在，儿子额头的缝针印痕，清晰可见。

我想得越多越无法安眠，今晚又是一个不眠夜。无奈，迷茫，希望，一股脑汹涌而来，令我招架不住。

我的心，更乱。

乱，似乎也只有在亲情上。儿子，你是坚强的，别因身体瘦弱而削弱意志，我定会很快到你跟前，和你并肩战斗，战胜病魔！

搀　扶

闺密生病了，我感到意外。她在我眼里，几年才得一次病，且严重。几年来，没有用这样的方式提醒我，我早已淡忘。

上周五，我习惯性地给她打电话，问她在忙什么，结果她的声音小而低沉，我有些不习惯，问她是不是生病了，她就说了一个"嗯"字。我还是不大相信。

次日，我又打电话问她，得知她在我单位对面的医院住院治疗，我惊讶。看来，她果真病了，我安顿完单位的事，搜索她的病，吃什么水果好，之后，急忙上街去买，拎着就奔往医院，结果医生熟人告诉我，她和老公出去了。

我跑到外面来打电话，问询他们去了哪里。站在学府路上等候。一见面，我着实吓了一跳，人瘦了一大圈，脸色蜡黄，双臂将老公的胳膊紧紧缠绕，大半个身子都贴上去了，猫着腰，与瘦高个的老公形成反差。

他们逐渐靠近我，我迎了上去，搀扶着她，刚走一步，她告诉我，再慢点！路上，她简单告诉了我的经过，上班期间，身体不适，一下子，从椅子上溜下去，瘫如泥，周边的多数人吓傻了，好在一领导还有点经验，赶紧吆喝人，指挥着送往县医院。

一边给她老公打电话，告诉她的现状。他就跟蜂蜇了一样，迅速启动车引擎，十五公里的路程，十五分钟赶到，与医生沟通，做了应急治疗，待病情稳定后，带回他单位——乡镇医院，既可以治疗，又可以照顾她。

其实，人在茫茫人海中结缘，本就不易。我和闺密相处的时间，超过他们夫妻。

人往往在患难之时见真情。平时，但凡我有困难，都是闺密迅速帮我解决。她也有过几次患病，我自然也是全力以赴。这次，她老公心急如焚的样子，令我感动。

夫妻本是同林鸟，谁说大难到头各自飞。他们已近知天命的年龄，更懂得珍惜，更懂得相互搀扶，患难与共。

是啊，人一生中，能相陪到老的是身边的那位，经历过恋人、爱人、亲人的配偶。至于其他人，或许那种相伴都会烙上"时间有限"四个字。

搀扶到老，是夫妻的最终目的。

在人情逐渐淡漠的今天，能有这样的搀扶，真的难能可贵，把生活过成一首用心谱写的歌曲，若干年后，霜鬓时，回眸往事，再读《当你老了》，坐在炉火旁，诉说着过往的风华绝代，会感慨：人生不易，搀扶到老，更不易！

第二辑　一篱繁花，两颗素心

一篱繁花，两颗素心

晨起，去河堤路上锻炼。

本来约好和闺密一起去的，可是中间出了点变故，我便成了"独行侠"。

我甩开双臂，昂首阔步向前。刚走了一里路的样子，忽然，眼眸被路旁菜园子里的两个跃动的影子给吸引住了。于是，我几步走近，定睛一看，原来是两个老人，他们正躬身在地里刨着什么。

站在那里良久，细看这两位老人在菜园子里做着什么。四五分钟后，我终于得到了答案，哦，原来是在刨土豆。我不由得暗自佩服和艳羡这两位白发如霜的老人，他们的身体素质如此好，他们的心境如此悠然。

这个不足三十平方米的园子，在他们的精心打理下，变得姹紫嫣红、活色生香。用竹竿搭成的豇豆架连在一起，就是一堵镂空的篱笆墙，那些与竹竿缠绵的绿白茎蔓，柔软温和，将一个个美丽的弧线交织融合，宛若女人的蕾丝裙。上面还点缀着淡紫色的花，昨晚的一场绵雨，使它们显得越发润泽、精神，高出竹架的豇豆，俏丽无比，散发着若有若无的香气，空气里盈满着清新和芬芳。

一旁的丝瓜也不示弱，在碧绿的叶间绽放出一朵朵金黄的花儿，格外耀眼，像是要和那俏丽的紫花儿相媲美。菜园子中间的一簇簇洁白的辣椒花儿，在煦风中轻悠悠地摇曳着，像是在给它们伴着曼妙的舞姿。

最引我注目的是，菜园里北边不高的枣树枝上，爬满了野生的牵牛花，形状像一个个小喇叭，外延是玫红色，或深紫色，中间点缀着金黄色的花蕊。按照往年我干农活的惯例，一定是要把这些野花给"请"出去的，好腾出个地方来，能多种一点是一点。可是，这园子里的牵牛花，显然是主人有意留下来的，还特意将根部的杂草清理得干干净净。

这一对老人，在燥热的三伏天里，不顾烈日的暴晒，在菜园里欣然挖着土豆。这种举动，令我十分好奇。

恰好有他们的熟人经过，喊了他们的名字，做了简单的交谈。站在一旁的我从而得知，原来是婶子平日特别喜欢侍弄菜园，大叔虽然身体不好，但怕累着老伴，就主动陪伴了。

陪伴，是最长情的告白；守护，是最温暖的承诺。如果说，风花雪月、海誓山盟属于年轻人的话，那么，眼前这对老人，他们把同甘共苦、相濡以沫化作了看得到、摸得着的相守。

一篱笆朴素的牵牛花，还有跟前的格桑花，随风轻轻摇曳着，散发着淡淡的清香，沁人心扉，醉人心魂。

这对老人不看重名贵之花，就喜欢这些普通得不能再普通的平民花，像极了他们的生活。人都说，所爱之物恰是心灵的折射。那么，我也可以说老人菜园里的这些朴素的花儿，就是他们纯真心灵的外化表现。这些花儿普普通通、平平凡凡，对环境的要求甚少，生命力却异常旺盛，照样可以绽放出鲜艳耀目的花儿。

再看看这一对老人，大叔抡起小锄头刨着土豆，大婶在一旁躬身捡拾着。两人的动作不紧不慢，举手投足，浑然天成，配合得那么默契，那么自然和谐。地垄上放着一部不大的录音机,播放着五六十年代的老歌曲。忽然,一曲黄梅戏《天仙配》悠然响起。闻听着这情真意切的唱词,看着如影相随的他们,让我羡慕不已。如此优美的场景,如此浪漫的情调,这对老人真如一对神仙,下凡人间!

  劳动,对于他们来说,就是一种田园之乐。一起耕种,一起管护,一起收获,一起享受,其乐融融。大婶见老伴的额头沁出些许汗珠来,就劝他休息会儿。说罢,给他递上了一杯水,大叔用毛巾擦了一把汗,笑盈盈地接过了水杯,接着打开了杯盖,往杯盖里倒了些水,递给了大婶,两人微笑相视着,小口喝着水。一幅相敬如宾的温馨画面,没有矫揉造作,只有真情流淌……

  细细地端详着满园的牵牛花、辣椒花、豇豆花和各类蔬菜。我想,他们养的不是花,种的不是菜,他们是在守护着一方静谧的心灵的"世外桃源"。

  一篱繁花,两颗素心,心心相依,默默相守。这一对白发老人,不带缁尘半粒,用纯心和爱心,默默守护着彼此……

  我手扶着园子的篱笆,静静欣赏着这对老人,就如欣赏着一幅闲适的田园人物素描画卷。相亲相爱的一对老人和一篱素花、一块菜园浑然融合在一起,那么自然,那么亲切,那么温馨。

把生活过成旅行

前几日,我下班,从小镇回到县城,偶遇一人,说我像是旅游归来。我心中甚喜,说明我有良好的状态。

回头仔细打量自己一番,三根细辫分别从头顶、两侧自然垂下,缕缕青丝,依旧从容洒脱,不受任何拘束。一只黑色牛皮双肩包背在身,一件玫红雪纺上衣,一条黑白相间的休闲裤,俨然一个游者。

小镇距离县城十五公里,不远不近。若心情好,自然觉得不远,反之,就觉得远。每天晨起,梳洗后急匆匆赶车,半个小时到学校,直奔食堂吃完早餐,接着便是紧张的运转了。

这样的日子过了二十年,也没觉得厌倦,只是心境的确发生了变化。

之前,我从没想过去享受工作、生活,只是疲于应付。现在,因为孩子去了远方,逐渐让我学会了享受生活。

休息时间,看着蓝天,思绪驰骋。有时候我就像一只凤凰,展翅翱翔,美丽风景,尽收眼底。一棵棵树成了从未有过的新鲜,四季常伴的各种绿,也显得温柔许多。

在我的眼里，它们都是一抹醉心风景。不由分说，我会拿起手机尽情拍摄，定格美丽的瞬间。

一有空，我就喜欢站在办公室窗前静静欣赏四季的风景。

四季的风景，在时节的变换中，具有不同的美感和韵味。在我的眼里，它们都是一道独特的风景线。

一天24小时，无外乎就是生活。我在想，人生苦短，开心是一天，愁苦亦是一天，为何要让自己淹没在苦恼和不悦当中？生活中不求谁是谁的谁，也不期望谁非要懂谁。但，终生与自己邂逅，却是不争的事实。

基于这种想法，我更喜欢将生活过成旅行。

谁说旅行一定要去远游，近郊照样可以觅得愉悦。每天往返于小镇与县城，就是一次旅行。眼中有景，心中有景。

有形的是生活环境，无形的是心境。心中有绿洲，处处是春天；心中有诗意，处处有浪漫。在一季、一天、一种风景里体验无限乐趣，感悟美好生活，跳离自我障碍，越过心理藩篱，活成浪漫诗意！

旅行，皆是从起点出发，经过沿途风景，到达另一个风景区。虽然每天过着"两点一线"的生活，但如果变成了一场旅行，沿途的风景自然就会很多。

因为我喜欢文字，每天看过的风景，都会触动我敏感的神经，趁空坐在电脑前，让风景在我的脑中反复回放，曼妙的文字就会随着键盘在指间缓缓流淌。

在我的生活中，翻出微信也看一些自认为有用的文章。看到三毛从台湾万里迢迢去新疆寻找爱情，把自己装扮成王洛宾最喜欢的模样。她说自己不受束缚，希望年过七旬的王洛宾也不要受束缚，因为爱得真诚、爱得热烈。

一次新疆旅行，三毛彻底将自己融进风景里。三个月，就给王洛宾写了15封信。这是她继荷西后荡起的爱情涟漪，王洛宾尘封许久的心，也被打开了。可是，他顾虑重重，最后拒绝了三毛。

三毛结束这次旅行，拿起一只装有衣服的木箱飞回台北。三个多月后，她用丝袜终止了人生旅行。王洛宾得知噩耗后，为三毛写下一首纪念情歌《等待——寄给死者的恋歌》。

然而，任凭王洛宾怎样热情呼喊，那也是一个人的旅行了。

"你曾在橄榄树下等待再等待，我却在遥远的地方徘徊再徘徊……越等待，我心中越爱！"三毛却听不见王洛宾深情似海的呼唤了。这场无法在时空重叠的旅行，就这样空留遗憾。

给心一场旅行，不一定要盛大，但一定要轻松！

生活在俗世中的我很难做到完全脱离红尘，所以，我会千方百计让我的生活变得活色生香、有滋有味。一年假期只有三个月，若遇上各种加班，各种节假日团聚，属于自己的时间所剩无几。

把每天的工作、生活变成一场旅行，其实是一件很容易的事情！把每一天都当成是一次旅行，你的每一次远眺、和同事相对而视的微笑、一声亲切的问候，都会成为一种惬意的享受！

把每天都看成是一次旅行，取决于你的心境和想法，当你有了这样的心境和想法，就会发现，身边的一切都是美的。

把生活过成旅行，亦是一种心灵的修行。心灵修行的真正意义，在于找回自我。

找回了自我，就找回了生活，就找回了美好。

如果生活羁绊了你的身体，别让它再羁绊你的心。我们每个人都说要在生活中修行，可是总是被生活挫败勇气。收起那些过时的想法，放下顾虑和包袱，轻装上阵，追寻属于自己的生活，属于自己的旅行！

追求年轻心态

生活，对于许多人来说，就是一种度日。或渴慕别人身上的安逸，或追求自己较先前丰裕的生活，此谓他们的终极目标。

殊不知，生活，就是生下来活着。我们把握不了生的方式，但我们完全可以把握活的质量、活的厚度、活的精彩程度。那么，更要关注自己的心态。

早些时候，听闻有人解说心态的"态"字。心大一点，就是"态"字。而心又如何变大呢？或许，有一些"怨妇"式的人会说，自己每天遇到许许多多不开心的事情，甚至看啥啥不顺眼，不顺心，怎么办呢？

"一日之计在于晨"，此话是有道理的。早上起来做几个深呼吸，看朝阳，观云烟，望绿树……心情清爽好多了，心胸自然而然也就宽阔了，在这种情况下，会觉得人很渺小，那就更应该谦卑地活着。

人，不可违背的规律就是会越来越老。假若心态也和年龄同步的话，那就只能坐等渐渐变老，接受老去的事实。要是这样，若干年后，和同龄人坐下聊天，回想当年自己的精彩生活片段，会发现很苍白，也很尴尬。

　　追求心态年轻，最起码要顺应时代。如今，社会发展速度超快，倘若自己还停留在原有、现有的认知层面上，日子过得会无滋无味。反之，不断励志，不断学习，紧跟时代脉搏，拿别人闲逸来换取私下的努力，不上进都由不了自己，心态不健康都不行。

　　我已过不惑之年，身体素质逐渐下滑，以前，在同事眼里我就是"铜墙铁壁"，请病假都会被人怀疑造假，而今，光顾市医院也成了一年当中必不可少的内容。

　　到了医院，必定会接受各种仪器的检查，冰冷冰冷的设备让人从前心冷到后背，心理上更需要自我调适，方可配合医生继续检查治疗。有几次，我的心理防火墙由百毒不侵变成了满目疮痍的样子，稍有不良消息出现，就会让我失去精神，萎靡不振。

　　后来，我在朋友的劝导下，逐渐懂得，人这一生心态很重要。心态好，健康永随。为此，我专门关注人世间一切美好的东西，尽可能地用充满智慧的双眸去看人间暖情。

　　而年轻心态并非是年轻人的专享。前几天，我还坐了过山车。说实在话，一列长长的"火车"，可以乘坐三十人，百分之九十五都是年轻人，年龄在20来岁，我的年龄几乎翻倍，我坐在车尾，按照要求，紧握扶手，伴随着"火车"向前行进着。一会儿高速冲刺，挑战巅峰；一会儿又俯冲而下，宛若坠入万丈深渊；一会儿又"侧向滑翔"，在我还没有完全反应过来的时候，它却早已"绑架"了我。

　　于是，我也像年轻人一样惊呼起来。说来也怪，以前我不喜欢别人大呼小叫，现在在这种情景下亲身体验后，竟发觉呼叫是一种宣泄方式，可以缓解神经，消除紧张。因而，我一路发出各种版本的尖叫，既惊险又刺激。

　　毕淑敏在《提醒幸福》中说我们多数人都是在提醒灾难中度过，

没有人提醒幸福。我认为，保持和追求年轻心态，就是追寻幸福的一种表现。

心态年轻，就觉着自己应该享受生活，因为有享受生活的资本。这跟外表、年龄无关。即使满脸沟壑，只要心态年轻，照样可以活出品位，活出精彩。

今早在体育场见到一位八十多岁的老人，双手抖动空竹的技法非常娴熟，让一旁许多小年轻自愧不如：一是拿不动，二是抡不起。这位老人身体健康、精神矍铄，早上抖空竹，中午做美食，晚上跳交谊舞。试问，哪一样不能说明他的心态在八十岁之下？

追求心态年轻，是一种自我超越的表现。

原本的自己，可能只是平庸度日，更谈不上什么全方位的"透支"，最多有时会出现身体透支，当然这个因个体差异而不同。

"时光已久远，咫尺在身边。""坐以待毙"的心态显然是要不得的，所以都必须超越自己，降低自己心脏年龄，活出更年轻的姿态，不追求奇葩，但追求年轻。越过自我心理屏障，抓住自己的喜好，发展下去，不论在舞台上、广场里、文章中……精彩地活着，富有诗意地活着，享受上苍赐予我们的生命和时光，保持拥有年轻的心态，努力把自己绽放成一抹娇艳，住进自己的诗里、心里……

优雅地活着

每日，见到晨曦微露，心中不免欣喜万分，因为新的一天又来了。

优雅地度过新的一天，何其快乐，何其幸福。

女人，是男人之外的唯一的性别。做一个优雅的女人，亦是许多人的追求和梦想，然而，为数不少的女人却在俗气中转圈、逗留，甚至恋恋不舍。生活在最接地气的空间里，时常见到不修边幅的女人出现。譬如，有人公共场合高声喧哗，对于别家事情很上心，却很少关心自己的定位，久而久之，会有许多荒诞之事发生在她的身上，自己却浑然不觉。无意间，有人善意给她透露一二，她竟振振有词，说这是大众合群的表现。

道不同不相为谋，亦各从其志也。优雅之人断然不愿与其同流也。

优雅之人，不分性别，定能让人倍感舒服。每天晨起，洗漱完毕，沏茶，早餐，换上合时合体衣服，带上淡妆，双足出户，兴奋地迎接崭新的一天。到了单位，一边工作，一边泡茶，一边将碎片时间利用起来，进行阅读、感悟、沉淀、积累。下班归来，少不了一件事就是锻炼身体，之后或练习书法，或抚琴，或夜读。

周而复始，偶尔也做个微调，让自己的生活有序但不单调。日子久了，人身上的气质就从点点滴滴的生活中流露出来，褪掉了身上的俗气，修身养性自然就落到了实处。

人，每天平安活着，是一件不易的事。看看那些年纪轻轻就被疾病缠身，甚至英年早逝的人，你一定会感到自己是一个幸运儿。既然如此，何不把每天当作生命的最后一天，优雅、从容、有质感地活着，绝不是那种苟延残喘、寄生虫般的赖过一天算一天的样子。

见过绅士男子、优雅女子，心中都会留下一个烙印。曾几何时，我在河堤上散步，偶见一位头顶银丝点点的女士，鼻梁上架着一副细边眼镜，穿着极为优雅，化着淡妆，提着一布包，迈着不紧不慢的步子，她身上散发出来的一种味道，令我折服。顿时，我心里就产生一个想法：当我老了，能这般优雅地活着，该有多好啊！

这位优雅女士的形象镌刻于我心，我只要想起那天的偶遇，自然就会给自己一个心理暗示：要优雅地活着。

人在行走的路上并无老少贵贱之分。故此，在这个属于我们的世界里，优雅地走过每一天。如今，我们多数人已经脱离了温饱线，那么就一定在质上下功夫，使得我们拥有的日子不再那么轻淡。

一件事可大可小，一个人可雅可俗，一种活法可有料可无聊……无论在什么时候，皆要让自己牢记"优雅"二字，莫给自己找各种理由来掩饰，抑或是搪塞别人，末了，后悔万分。

倘若心中明确自己优雅生活的活法，自然就会有悦己纳己的想法和做法，给生命里的每一天增加附加值，以日月为载体，人生便有了厚度。不管外界条件怎么变化，坐怀不乱的局面是不会被打破的。

我也和其他人一样，要学习、要经历的事情还很多，已知的、未知的，均有可能伴随着每一天而来，不管是单个的还是扎堆的，都是必须面对的。倘若不够优雅，自然就会怨天尤人。殊不知，那是因为自己的实力不够。我想，这优雅也应属于实力吧。

锻炼自己能在错综复杂的环境中游刃有余地活着，就需要优雅地活着；促使自己摆脱罅隙这一生存空间，也需要优雅地活着。

生活中的我们，难免会遇到各种难题甚至"瓶颈"，但若能优雅从容地面对，或者借助花草、琴弦、毛笔、棋子、舞蹈……各种外物乃至爱好消磨负能量，筛选有用信息，删除大脑一些空间，在一定的年龄段对人际关系做个精简等，我们就一定能活得优雅。

活着，并不是狂刷存在感；活着，并不是陪同别人度过一年三百六十五天；活着，是有质感地过好每一天；活着，是有意义地走过拥有的日子。

活着，就是好。

优雅地活着，不仅仅是做雅人做雅事，还要有雅量。助人就等于助己，扩大雅士队伍，即便老了，在一起抱团取暖，那是何等的温馨场景。

让生活写满诗意，盈满温度，生动地活着，优雅地活着……

幸福，其实很简单

面前，一对农村夫妻。他们点了两碟擀面皮，一碗稀饭。

饭摊老板娘端着一碟面皮上来，顺口问辣子少的这碟给谁。男人没吱声，妻子说给他。老板娘心中明白，准备照办就是。不曾料想，妻子接过擀面皮，再放到他面前，叮嘱他赶紧吃，说是今天进城转了一大早上，还没吃午饭。男人推让妻子先吃，妻子却说她的那一碟马上就来了，男人便低头吃了起来。

老板娘又端上来一碗黑米稀饭。我在想，两人一碗稀饭谁吃谁看呢。妻子照例将稀饭接过来放到男人面前，又是一番叮嘱："趁热吃，这么冷的天！"男人这回没有顺从妻子的话，像是没有听见一样，只管吃擀面皮。

妻子吃了几口擀面皮，边吃边说话。她心疼自家男人，吃二百克擀面皮肯定不顶饱，好赖四十好几的男人了，顺势用筷子挑起一筷头擀面皮放到男人碟子里。男人见状，不温不火，平静地告诉妻子大冬天吃这么多凉东西对胃不好。

妻子提醒他就着黑米稀饭一块儿吃，温度刚好。男人忽然想起稀饭来，拿起碗里的小勺，舀了一勺举起来。

我很好奇，想看看他下一步会如何。

"我不吃，我这两天消化不好……"妻子的声音钻入我耳膜。我急忙抬头正视跳出套路的样子——

男人手中勺子上的稀饭显然刚被妻子吃过，留下一只空勺子，男人平静的脸上有了一丝笑意，温暖了四周的空气。接着，他又细心地给妻子连喂几口，心里的幸福感逐渐溢于言表。

"你让我帮你吃，是怕剩下了吧？"

男人看着妻子的脸，笑嘻嘻地回了一句："带有你口水的勺子就是香……"说着，他还有意地把勺子放到自己鼻子跟前嗅了嗅，并且做了一个很享受的动作。

妻子唯恐旁人也包括我，让她尴尬，急忙岔开话题。问男人今天买的猪肉，回家是干烧成肉片还是肉疙瘩。男人取出刚喂进嘴里的稀饭勺子，快速完成吞咽动作后，回答妻子说各样来一点。妻子不情愿，说，美着去。

男人笑笑，柔柔地说："美人做的肉菜，肯定美着哩！"

我不敢相信撒娇的主角会是男人，偶然发现他的脸有些微红，"我回家帮你切肉片哦！"男人似乎沉浸在幸福当中。

妻子手机铃声响起，接完电话后督促男人快走，且向老板娘吐出两个字："付钱！"男人拿回找零，起身收拾桌子上的东西时，还观察了一下老板娘脸上的神情。

就在此时，我耳旁飘过几个字："你看看人家那才叫女人。"老板娘显然羡慕嫉妒。

我扭头注视着他们的背影，不禁浮想联翩，以前都说撒娇女人命好，如今，秀恩爱的程式完全可以换位，男人撒娇更好命，妻子更幸福。其实，幸福很简单，生活中的柔软、调侃，都是幸福的源泉，生活才会有滋有味！

拥有童心，时光不老

上周偶见一视频，上面有多位国外朋友，老少皆有，进行动作互相模仿，浑身散发出一种难以描述的满足和开心。

如今，生活在红尘琐事中的人们，能有几人还会挤出些许时间，幽默一下，还原童心。大都认为，活在眼下就好，活好当下不易。不经意间，把自己压缩在一只无形的瓶子中，不敢吱声，亦不敢大幅度活动，唯恐他人笑话了去。悲也！

有人说，20岁的时候，我们很在意别人的看法；40岁时，我们不理会别人的看法；60岁时，我们会发现别人根本就没有在意我们。没错，我们欣欣然地活在别人眼中，末了，才知道自己的快乐或被淹没，或存活于讨好别人的在意与认可当中。哀也！

然而，许多人总是奉行"随波逐流"，唯恐他人说自己不合群，招致"枪打出头鸟"的悲剧，故此，一直活在自欺欺人当中，还不知醒悟。甚或，耻笑那些童心未泯的人，嗤之以鼻、冷嘲热讽。这不能不说是人的劣根性。痛也！

相反，现在还有一种现象正在悄然兴起。广场舞、民族舞、三步踩、水兵舞等活动项目逐渐向老年人靠拢、扩散。这无疑也说明，他们羡慕青年人，借此来弥补年轻时无力参加这些活动，无心让自己快乐的缺憾。

我们总喜欢被面子牵引前行，没钱、没高的收入、没体面的工作、没像样的住所，没这没那，总觉得没面子。大多数人从未问过内心，是不是自己每走一步都在遵从内心。甚至会有一个冠冕堂皇的说辞：无可奈何啊！

不忘初心，方得始终。我想我们每个人最大的初心就是找到自己。保持一颗童心，删除许多套路，自然活得纯粹、活得有滋有味。我反复观看手中的视频，扪心自问，外国朋友为什么不论性别，不论年龄，见幼童对着店铺落地窗里的那个自己好奇、兴奋扭动身体，随着律动摇摆四肢，也跟着复制，竟然还能迅速漫延，路人中上有七旬老妪，下有二十几岁帅哥；肤色有白黑棕；性别有男有女；他们彼此不认识，但最好的交流方式却是微笑。终能缩小心距，剔除各种顾虑，尽情与幼童一起舞动，一起开心，"往事不可回味，时光一逝永不回"的遗憾不复存在，宁愿永远停留在少不更事的年代。因为，他们内心需要抓住"忆童年时青梅竹马，两小无猜日夜相随"的美好，将"往事不可回味"加上新的注解，刷新固有认识，做一个不随时光消逝而丢失、迷茫的自己。

日常生活中，走着走着把自己走丢的人不在少数，若能保持一颗童心，还原一颗童心，寻回自己，定是一件乐事、一件幸事。

人，一生用属于自己的经历贯穿整个生命，精彩与否，取决于心态。要想生命精彩，需要保持一颗童心，还原童心，时光自会永远年轻快乐！

雨水那天

立春不久，便是雨水，恰逢正月初四。

早上，我双手轻揉惺忪的双眼，窗外明晃晃的光线，穿过粉色窗帘，攀上我的眼睑，强迫我睁眼。

很想给自己找借口赖床。忽然，"滴答滴答"响个不停，我惊悚，半天反应不过来。于是，脖子离开一枕温暖，抬起，高高的，四下探望，仿若猫觅食。

地上有两塑料盆，一黄一绿。声音是从这里传出来的。

昨早，我从客厅端着一杯冰糖金橘茶，进卧室，准备坐在屏前，开始流淌我心里的文字。未到桌前，便见橘红色木地板上有水渍，异常清晰，异常清澈，与暖色地板相较，顿有几分冰凉。

我误以为手中水杯漏水，经检查，很快否定。那是？

我百思不得其解。只好蹲身，擦掉木地板上的水。我发觉，这竟然是一条小龙一般的水渍，不禁哑然失笑。

下午，我上眼皮耷拉在下眼睑上，困了，就放下手中书，躺进均布金菊的被子里，开启了美梦模式。

醒来，已是下午六时许，心想着该做晚饭了。上一秒，我还在思考下午吃什么饭，下一秒，便看到了天花板上巨型水渍，更令人吃惊的是，上面的水滴，落下来，用力敲打木地板，发出的声音，足以使卧室内的安静消散。

我反应过来了，是房顶漏水。下床，去查看木地板上的水渍，甚至，用手摸了摸，冰、凉、淡、清的感觉蜂拥而至、前赴后继，侵袭我的神经。

我急忙拿来两只小盆，接上。"滴——答"，间隔较长。我说是晚饭后去找一下物业。

晚上八点多，想去找物业，心想，夜黑，不便上楼顶，还是等第二天清早再去。

我去了物业，已然放假。到隔壁的门房去看，空无一人，只有桌椅、煤炉，按部就班地躺的躺，站的站。我也站在门口，时而进，时而出，脑袋不时翘望。

看来，雨水这天，我家比杜甫"布衾多年冷似铁，娇儿恶卧踏里裂。床头屋漏无干处，雨脚如麻未断绝"的日子，幸运得多，也算是看一场雨落，一场水花展。

051

藏在内心的"样儿"

"样儿",听起来都很有感召力和想象力,多么好。

在父亲那里,就有了花样,不一般的模样。

幼时,大弟弟抢我面前的西瓜吃,父亲说让我要有个当姐的样儿。当时,我就在想,"样儿"就是有好吃的让着弟弟。

几年后,我在临街门面的门口,坐着一只三条板子钉的小板凳,吆喝着卖瓜子。父亲说卖东西得有个样儿,买主来了,要微笑,要问候,拿酒盅盛瓜子时要装满,倒进对方口袋里,再笑着收钱。那会儿,我认为,"样儿",就是热情服务。

等到我上小学了,父亲高兴,送我到校门口,一边帮我把花布书包摆正,一边嘱咐,学生就要有学生的样儿。我费解,全然抛到九霄云外,按部就班上下学。

父亲早在巷道口迎我了,老远就看见他脸上怒放这一朵花,蹲下身子,张开双臂,哎哟,我们家的学生回来了。转而,他看着我的头发蓬乱,脸上还有几道污痕,书包偏离胯部,脸上绽放的花,逐渐收敛,但未完全闭合。燕，当学生了就要有个样儿。我觉得，"样儿"就是模样周正。

谁料，我在小学毕业时患上了黄疸肝炎，那时，这个病难治，基本上采用保守治疗。我用一双泛黄的眼睛瞅着父亲。他说，有病了咱治，也得有个跟病魔做斗争的样儿啊！父亲发动母亲和两个弟弟去河滩、坡地挖茵陈，据说茵陈有抵抗我这个病的作用。父亲亲自给医院大夫说，不管花多少钱，我就是砸锅卖铁，也要给我女儿看好病。

父亲好久都不出山了，一看治疗费用的确不低，索性重操旧业，干起瓦匠、木匠来，多挣点好贴补家用。

命运还是挺照顾我的，一个多月后，大病初愈。父亲克制不住内心的激动，这才是我家燕的样儿！"样儿"，就是坚强。

我初中，学校整体搬迁到镇上，与家距离将近三公里，父亲招呼母亲赶紧给我缝制被子，住校要有个样儿。

住校能有什么样儿？

父亲在下午五点多，去砸供销社门市部大门，人家下班一会儿了，他又跑到人家段叔宿舍，告诉段叔他要买一床新棉絮。段叔一脸诧异，半开玩笑，你这比赶嫁妆还紧啊！

父亲把"三新"被子捆在自行车后座上，他坐座位上，将我放到他怀里的三角梁上，上坡下坡，没下过车子。我耳膜被粗短的喘气声充斥着，一声比一声紧。我建议父亲下车走走，父亲却说，到镇上读初三，就得有个样儿。我还在思忖着，耳旁的急促的呼吸依旧。哦，"样儿"就是全力以赴。

我读了高中，两个弟弟还在初中，三个人的学费就得二百元，对于我们这个家庭来说，就是一个天文数字。我提出辍学，我说我一个女儿家家的，上那么多学没用。父亲义正词严地说，做父亲就得有个样儿。这时，我懂得，"样儿"，就是努力、呵护和责任。

次日，父亲留下我在家做家务，带着母亲和弟弟们去后山砍竹子。

晚上八点多，正月头上天气还不是太好，他们四人拖着四捆竹子回来了。父亲说，我会让它们变成应该有的样儿。

说来也怪，从未见过父亲编灯笼，这次算是长见识了。鲤鱼跳龙门、玉兔静卧、龙凤呈祥、双羊较量、仙枝寿桃……这次灯笼总共收入逾二百元。

后来的我读大学，买房子，父亲总说你看，花有花的样儿，草有草的样儿，人也应该活成自己的样儿！

我努力拼搏，努力活成自己的样儿！

原来，藏在内心的"样儿"，就是让万物，包括我在内，活成自己的样儿！

绽放在指尖的彩虹花

彩虹，七色，绚丽常与它相伴。不争朝夕，不问晨昏，不论四季，只顾每天精彩绽放。

二十年前，我被分配到这里教学至今，就注定了与三寸粉笔、三尺讲台、一张讲桌结缘。

一花一菩提，一叶一世界。在这里，一教室一世界，一黑板一耕田，一粉笔一精彩。我喜欢看各色粉笔在醇绿的黑板上曼舞，横平竖直，左撇右捺，竖弯钩，借助拇指与食指相拥而快乐起舞，后面拉起的淡淡粉笔灰自由旋转，如霜，似雪，纷纷扬扬，落在黑板槽、讲台、讲桌、学生的桌上、地上，最幸福的是，我的头顶、发梢、肩膀、衣袂上均沾有写字时带飞的笔灰。

Biǎng 对应的那个字，指的是陕西的一种裤带面，听起来，已然会生出许多想象空间，其宽，其长，其韧劲，然，字形、结构特别难记，顺势借助各色粉笔在黑板上绘画一朵花：

一点撩上天，黄河两道湾，八字大张口，言字往里走；你一扭，我一扭；你一长，我一长；当中夹个马大王，心字底，月字旁，留个勾搭挂麻糖，推个车车逛咸阳。

圈出重点，帮助学生缩减记忆，加快攻破难点的速度。我习惯性地选用彩色粉笔，红色，熠熠闪光，格外醒目，暗示这是必须牢记于心的地方，宛若一朵惊艳了时光的花朵，绽放在绿色的地板上，异常突出。

黄色、蓝色、绿色、玫红色等色彩，亦能搬上那块平滑而宽阔的黑板。远观是一朵真真的花儿，透着真诚与自然，穿过唐宋诗词，穿过荷塘月色的意境，唱一曲《春江花月夜》，看海上生明月，对影成三人，遥想江山如此多娇，引无数英雄竞折腰；近观那是一抹彩虹花，赤橙黄绿青蓝紫，静谧、单一的雪白去无踪。此时，教室里的互动也跟着风生水起，若虹，极为漂亮。

虹，仿若一座桥，由此及彼，将深情流淌，承载着你我的情怀。黑板上的彩虹桥，一端是学生，另一端是我，传道授业解惑联系着师生，一颗真诚的心，在求知的路上与彩虹花同行，向前，向前……一步，又一步，再一步，每天看着这座桥，在这头，与那端遥望而不可即，但从未放弃，也未曾气馁，只因往昔在记忆里留下彩虹的美好，不能忘记，亦不敢忘记。

自从我步入教室的那天起，我就将它深植于心，希望我能帮助一届又一届的学生走上这座彩虹桥，绽放如花的笑容。故，我每天在黑板上，用彩色粉笔浅描、细画，看着彩虹花在我的指尖绽放，徐徐展开，一瓣，一瓣，相继而来，精彩纷呈，像极了姑娘、男孩的脸。

教室里的姑娘，豆蔻年华；少年，十六七，青春无比。但凡开心，脸上定然会有一朵花。

彩虹花，有人也叫太阳花。七色光，最自然的颜色，无须雕琢，便自成一幅绚烂无比的画。李乐薇在《我的空中楼阁》里说，门外挂着一幅巨画——名叫自然。而教室里，我亲眼看着彩虹花在指尖每日绽放，从未凋谢、衰败。

晨起,我纤细的指尖,带着粉笔,开始绘就新的彩虹花,新的模样,新的精彩。恍若间,我分明见它沾满清露,在夜里,贪婪吮吸天地精华后,精神饱满,散发着泥土的芬芳,鲜嫩欲滴,绽放在黑板上,绽放在孩子们的笑脸上,也绽放在我的心里。

雨后,更是湿漉漉,多了几分缠绕于指尖的温柔与静好;晴日,它依旧色彩如新,笑容可掬,迎接着一双双求知若渴的眼眸。一年365个日子,变幻多姿,不变的是那张相看两不厌的脸和笑容。

彩虹花,是花,也是笑容。

遇见，蒹葭苍苍

　　诗经中有"蒹葭苍苍，白露为霜"的佳句。曾令多少人憧憬"诗和远方"，心中的一片蒹葭，在时光流转中，愈来愈葱茏。

　　清波粼粼，蛙声阵阵，细风柔柔，站在水畔，远望，在水一方，一丛丛蒹葭，宛若伊人，亭亭玉立，与人对视，眸子里噙满深情，显得更柔美，更有内涵。

　　多少男子，心中都住着一位女神。貌美如花，气质卓然超群，一颦一笑，散发着优雅；一去一来，乘风，欲仙，谁人不羡，何人不痴，几人不醉？

　　梦里，恍若与伊人亲密无间，神交，言语不多，却心领神会，超出烟火人间许多，不是停留在"一箪食、一豆羹，得之则生，弗得则死"上，而追求"腹有诗书气自华"的美好。

　　我是一位女子，已然走过几十个春秋，在《诗经》里停留多次，却未曾真正见过蒹葭苍苍之醉美，今逢闲暇，独立于此，神思走近那个地方——从《诗经》里走出来的蒹葭。

有位佳人,在水一方。纤细,柔软,柳腰,温存……极尽美好词语用于蒹葭,一点也不为过。曾经的梦想与憧憬,转身,与眼眸相撞。

见,那是一抹醉了两岸云烟的时刻;不见,那是一种韵味依然的静好岁月。见与不见,蒹葭,清水,相伴,不论晨暮,不管日月,尽显风花雪月。

蒹葭,从《诗经》走来,越五代,过明清,悄然带着楚辞汉赋、唐诗宋词的美韵,每片狭长的叶子里噙满古韵,中间一道深凹的叶脉,是保留自己从西周而来的路径,摸着这条"路",我仿若又回到身穿襦裙,长发徐徐,发梢与腰间的丝带在风中曼舞的时光……

倒影与水上的蒹葭连接,组成一幅两面画幅,身处此地,恍若隔世,不羡鸳鸯不羡仙,只愿我在这里与《诗经》相拥,与蒹葭相看两不厌。

他与她邂逅在初夏。她,身材窈窕,身上散发着一种"魔力",T台下,各类拍摄、录音工具抓住台上的瞬间,几连拍,在许多人的朋友圈里可见她。头顶上闪耀着省赛冠军的光环,熠熠夺目。

然,她却静守流年。

有人不解,问:你都二十八岁了,还不谈恋爱?她答:我都不急,你却着急。

关键是,在她的眼里、心里没遇到合适的人。她相信缘分,甚至是那种旧版本的"一见钟情"。

走秀,突遇尴尬,背部拉链裂开,她站在入场台阶上无所适从。他,正在检查音响师工作,忽见此状,不露声色,走到她背后。

她吓一跳,他挨着她耳朵"嘘"一声,然后顺手拿起一枚别针挂在拉锁头下面,阻止下滑。她从不喜欢欠别人人情,这次,她回眸一笑,信心十足地上台走秀。

他站在台下,看到她裙摆上的印花——一位妙龄女子,一袭古风衣服,坐在白花悠悠的蒹葭丛前,仰望,对视,貌似在等待,像是很久,很久了。

他的思绪飘到很远，很远的地方——曾几何时，他，五岁，随父亲去钓鱼，路上，收音机里飘出"蒹葭苍苍，白露为霜，所谓伊人，在水一方。溯洄从之，道阻且长。溯游从之，宛在水中央……"的美诗来，当时，他全然被那穿越的声音迷醉，半天，都未和父亲言语。

忽然，他发问：蒹葭是何物？得到的答案是，蒹葭是一种植物，即芦苇。蒹，没长穗的芦苇；葭，初生的芦苇。

他成年后，又知，《蒹葭》选自《诗经·国风·秦风》，大约来源于2500年以前产生在秦地的一首民歌。他，是地地道道的秦人，曾在三秦见过密不透风、密密匝匝的芦苇，如今，身处南方，与她有缘，和蒹葭有缘，莫名的亲切。

他自五岁起，在心中勾勒出"伊人"模样，可在这一晃几十年里，未曾有人能对号入座，住进他的心里。

她，今天一下子走进了他的心里，以时间为媒，驻扎在他的心里，永远不走了。

三十年，两人仿若芦苇，初生，葱绿，抽穗……朝朝暮暮，风风雨雨，相依相伴。两人互望，银丝苍苍，满足、幸福、会意一笑，岁月在脸庞上若无其事地打滚、对折，看不见沧桑，却只见比那芦花还灿烂的笑容，包含着说不尽的美好，一点一点地流淌着，回味着，享受着……

"蒹葭苍苍，白露为霜，所谓伊人，在水一方。溯洄从之，道阻且长。溯游从之，宛在水中央……"

弄花香满衣

周末,搭载顺车去了镇子以东几里地的芳菲园。远远望去,一排排嫣红春梅和粉色桃花迷醉了我的双眸。

几分钟的期待显得漫长,我匆忙下了车,穿过公路,直奔芳菲园。刚踏进粉色桃花林,就迎来一股清淡的春风,裹着缕缕花香冲我的鼻腔而来,于是,我惊呼:"闻花香,好惬意啊!"细嗅那花香,绝不是那种浓烈如酒的香气,好似淡雅女子身上所特有的一缕香气,细柔而温和。

我快步入了花林,双足踩在疏密相间的浅草上,忘我地舞动起来,绵软细长的袖子绕过两排桃花的间隔带,倏尔翻飞,倏尔上腾,惹得满树的桃花绽放笑容。

花色醉来客,我心亦翩然。东边忽来一阵清风,我迎风将袖子舞动,不慎触碰了花枝,那星星点点的花瓣随之飘飞,我顺势将身体前倾,用衣服侧边开衩的衣襟接住那些在空中舞动的花瓣,一片,两片,三片……深灰色的衣服上撒着粉色的花瓣,冷暖调和谐,点面相融合,自然形成了一幅美图。

眼前的一幕让我联想到在檀香扇上随意撒上些许花瓣,那姿态有着一种流淌的静美,让人感到有一种婉约的格调。这不仅仅是一种感官上的美,也是一种超俗的境界,写意从容,顿有只可意会不可言传的美妙。

扇子,自古与文人墨客或雅士相伴,这素雅之花与它很相称,相得益彰。我喜欢被墨香浸润,故而,也喜欢这种古韵典雅的格调。现在我身上所穿的深灰色长裙衫,宛若那把檀香色扇子,而粉色花瓣依然带着唐风宋骨,穿越时空,落在这里,融此情于一阕清词中,怎一个"美"字了得!

风起花舞,我心飞扬,倾身闻香,融心赏花。一场令心情愉悦的视觉、嗅觉、感觉的全方位盛宴,我岂能错过?沾满花香的裙衫,紧紧萦绕着我的鼻翼、我的心房,让我后悔没带来一盏泉水浸泡的香茗,席地而坐,让裙衫平铺于地,在蓝天白云下敞开心扉,尽享岁月静好。

话说"凡桃俗李",故而,桃花未被列入中国十大名花之列,但它却孕育着一个美丽的传说故事。"去年今日此门中,人面桃花相映红。人面不知何处去?桃花依旧笑春风。"唐代书生崔护与少女绛娘的爱情故事,至今流传。

仰天而望的一瞬间,顺手捻起裙衫上的花瓣,贴近鼻翼,闭目回味着,又是一阵享受。

桃花灼灼,而我绝不能独享这一场美景,便呼朋唤友共享,她们三个如约而至,在我身旁不远处的花间穿梭,拿起手机不停地变换角度拍照,而我再次起身翩然飞舞,想不到,我又成了她们的一种风景,索性连同粉色桃花一起定格在了照片中。

照片中,我那翩然欲飞的神态中俨然盈满两个字:锁爱。足下绿草刚刚没过厚鞋底,却映出回归大自然的清雅与闲适。

热播剧《三生三世,十里桃花》中的白浅,身着一袭素雅裙衫,每迈一步，就会有清风拂动及腰长发的飘逸场面，令我陶醉。看着她弄花香满衣于十里桃林时，那种抛却三千烦丝的洒脱，使我忘记她是神仙。她轻轻一跃便躺在桃树底下，眼观缀在夜空里的繁星，如珍珠，如水晶，一下一下地眨动明眸，手里紧握的桃花酿并没有冷却，而是滴滴入口，惹得白浅更多了几分"人面桃花相映红"的妩媚！

羡慕归羡慕，望着眼前香气飘飘的花儿，收回了自己驰骋许久的思绪，眼光停留在了那片嫣红的梅林上，那如新娘嫁衣的花儿，花色正艳，娇羞意味正浓。我不是新娘子，却有幸走进宛若新娘的梅林中。"折得疏梅香满袖，暗喜春红依旧。"我不忍心折梅，只能静心赏梅。那层层叠叠的红花瓣，薄过皱纹纸，厚过软缎，颜色软绵而漫延着，外浓内淡，中间金蕊丝丝，挺立于层峦叠嶂一般的花瓣上，更显精气神。

朋友见我专心致志赏花，就故意逗我。我拾起一片片花瓣，托过头顶，然后缓缓地散开向斜上方抛去，刹那间，红色花瓣雨从天而降，我被包裹其中，卷发、肩膀、裙衫上挂着星星点点的红，溢满了浓浓的花香。弯腰，用双手掬起一些花瓣，它轻轻拂过唇角，缕缕香气盈鼻沁脾……

看着眼前香气飘飘的花儿，我忽然想到了那桃花般的恋爱时代，那如梅绚烂的新娘之幸福时光。回眸那弄花香满衣的日子，总是那么温馨幸福。

人无千日好，花无百日红。我想，无论任何时候，只要心中春心常驻，就会时刻拥有满园花开，只要心中春天常驻，就会花香满径，就会花香满衣。

拐杖·灵魂

好久没去西安看儿子了,各种烦琐的事务挤占我看儿子的时间,一次一次往后推。

今个见了儿子,他一脸惊喜,跑过来,搂住我的脖子,好像我是他的哥们儿,不是他的母亲,我开玩笑:你就"欺负"你妈个子小哦!他嘻嘻笑起来,就是,怎么?谁叫我比你高。我觉得他好可爱,就高不到十厘米,还嘚瑟上了。他却有一句话在等着我,高一厘米就是比你高哦。我俩都笑了,脸上的每个细胞里洋溢着轻松、欢乐和幸福,一直延绵在我们边走边聊天的全程中。

准备过马路去大唐西市,他的手臂伸过来,从我的右臂弯里卷过来,紧紧挽着我,说,小心车!

我享受着这种温暖,嘴里却说,你妈还没老呢。

这跟老没关系。他接过我的话茬。

每个人都会老,这已是不可更改的规律。儿子却像已经做好了面对我赴老的准备,将来,那只年轻的臂膀成了我年老时的拐杖,不仅稳固,而且温暖。

想起网传的一些文章和小视频：子女嫌弃老人，而能走多远就走多远。老人蜷缩在老屋的墙角，盖着杜甫笔下"冷似铁"的被子，头深埋在形似弯弓的身体里，眼睛混浊，眼角泪流，蓬头垢面，然后，不孝之子还会追来踢几脚，扔下一句话：老不死的，不给钱，还想回家？哼，没门！

天哪，这可是含辛茹苦的母亲，从怀胎十月到一朝分娩；从一尺五寸到身高体壮；从嗷嗷待哺到如今长大：试问，她有错吗？有啥错？错在哪里？

"老吾老，以及人之老；幼吾幼，以及人之幼。"说的是孝敬老人别忘了跟自己关系不大的老人。而子女若连自己的老人都不愿孝敬，那还谈什么想念和关心别的老人？

倘若把利益放在首位，那么老人要想在风雨飘摇的日子里走稳，太悬，太悬，缺了子女这一双拐杖，让老人的风烛残年充满更多的凄凉和悲哀，于心何忍？

我走在路上，浮想联翩。时下热播的《我不是药神》告诉我们伟大永远是人性充满善念的那一面，不论生活艰辛还是容易，活着就应有该有的样子，而善良，最有力量。

程勇被冠以"药神"称号，但救赎自己灵魂的拉锯战却在波涛暗涌中慢慢拉开。

但愿世间人无病，宁可架上药生尘。

生活远比我们想象的要辛苦得多，艰难得多，如果我们能把善良永装于心，那生活的光泽自会光顾，人间自会增添欢声笑语。也无须救赎灵魂，善良就是灵魂最大、最好的拐杖，支撑灵魂走上正道。

善良为先，灵魂自安！

父亲的小屋

今年是父亲的本命年,他说干吗都得谨慎,我觉得匪夷所思。

他一辈子都离不开养殖家禽和牲口。从我记事起,他就喂养来航鸡,那会儿的规模,在村子里可谓是盛况空前,两百只鸡仔,在竹篱笆里撒欢儿,"叽叽叽"的叫声,充斥着家里所有人的耳膜。起初几天,我们小孩还觉得稀奇,趴在竹栅栏上,观看群鸡抢食、啄虫追撵,甚至不停地喊:"加油,加油!"

一场鸡瘟,鸡群如排山倒海,一片,一片地倒下,父亲心疼许久,不言语,只顾抽烟。

养鸡不行,又盖圈,养牛,养羊。我家后院几乎就是牲口棚,五头牛,三只羊,成为邻居,"咩,咩""哞,哞"二重唱一般,粪便臭气熏天,苍蝇蚊子也来作乱,让人又气又恼。可父亲却认为,他们既可给自家耕地,代工,又可给别家耕地挣钱,投资成本仅是时间和人工,挺合算。

父亲嫌后院面积太小,又带领全家去猴石沟附近披荆斩棘,开垦沙田。他首先必须给自己设计一个小屋，晚上守在这里，看护玉米、向日葵、西瓜、苹果、桃子和蔬菜。

他转念一想，这些农作物要是能用上农家肥，风味绝对纯正。于是，又在小屋的西头，盖牛圈、羊圈，东边夹鸡圈。白天，散养土鸡，看养牛羊；晚上，自己住在小屋，照管隔壁的牛羊。

说起小屋，三面有土墙，一边近土崖，上面依然绿草依依，风起，一尺多深的野草便摇曳，冬天，夜晚，风带哨是常事。父亲不听劝，却说小屋里有炕，暖和。

土炕，靠西墙，南墙上简易木门和窗户，在它们之间，盘了柴火灶。父亲觉得小屋里动了烟火，很暖和。冬天，蜷缩在热炕上，盖着被子，凉风抵不过炕上的热气。

父亲横竖都有理，说什么也不愿住家里的新房，他甚至会抛出一个理由来，说，他喜欢那里的青山闲云、牛羊成群、绿苗红果，风景无限好，很田园，绿色又环保。

父亲守着小屋，一晃，二十五年过去了。

最近，洪水泛滥，肆虐，无情，咆哮而来，离小屋的距离越来越近，越来越近。父亲心想，多少次涨水，都未能伤及小屋一片瓦。河床水位低于小屋近两米，不会有事，他很自信。

等他走到河边，发现水位的确在逐渐上涨，他动了一点心思，赶紧将三只羊的羊奶挤掉，装进瓶子里，以此减少羊的自重，牵着它们去了南面的山上。然而，洪水并未照顾和体谅一位年逾七旬的老人，依旧展开猛攻，小屋的根基没一点动静，软软的，倒塌了，将屋内的背篓、锅碗瓢盆埋压，然后，随着水浪的力量，那些小物件漂在土黄色的洪水中，一路向西，向西……

我没见到父亲，我猜想，这次对他打击很大，急忙打电话安慰一下：只要人安全着，其他的都是身外之物，别想那么多了，赶紧回家吧！

一连几天洪水，终于消退了。我在早上上班的公交车上碰见去镇上的父亲，我又询问了受灾情况，没想到，父亲一脸笑容，很淡定地说，没事，还有没吹完的东西呢。

　　父亲的小屋没了，鱼塘里的鱼儿也被卷走不少。可父亲说，也有漂来的鱼。我诧异，很快又冲父亲一个微笑，顺手竖起拇指。

　　父亲心中的小屋依然矗立在原地，任何洪水都无法撼动，一抔土，一根木椽，一片瓦，一块油毡，搭建的小屋，只是因光阴久远而愈加坚强，只因那小屋里有一颗强大的初心。

　　生活中有许多风雨、洪水，而想要一生守住强大的内心，那就得有一个小屋。

　　自古而今，人歌人哭则转瞬消融于四季风动与流水声响。这亘古与瞬间的落差，是生命常态，也是天地本然。在转身的一刹那，将离开的放下，将拥有的温暖留住，这便是心中永远屹立不倒的小屋！

第三辑　与世界温柔相处

火树银花年味浓

夜幕垂下,黛色夜空如布,将苍穹遮掩。

我从廊桥南段起步,迈开双足,踏上横亘在凤凰湖上的廊桥。彩色电子灯里的"羌城不夜天"几个字,依然散发着它的魅力,两侧的红灯笼依旧不分昼夜地在风中摇曳着,店铺招牌仍旧在重复着昨天的模样,叫卖声、广告词、流行歌曲……全力以赴地替主人工作着。

然,有一样东西让我的第六感悄然涌动。廊桥上的东西两边夹起的空间,完全被一串串圆溜溜的红灯笼所占据,密密匝匝的,但不拥挤。哦,原来是要过年了。

我在大脑中极力地搜索信息,数日历,的确,临近春节了。或许是因为工作忙,或许是几天没回小城,或许是反应有些麻木,或许……

按照原有计划,顺着迎宾大道往西走,一路上的风景,令我应接不暇。

路两旁的法国梧桐,穿上了"电子衣",或宽阔版,或修身版,尽显风流。它们不停地闪烁,眼睛里蕴含的光芒,一闪一闪地划破了寂夜,恍若流星，一个个美丽弧度交汇，织成了一片霞，忽明忽灭，装饰着美丽小城，成就了一处瑰丽的街景。

渐行渐远，走到民乐广场，更是惊诧，大背景的色彩更深了。树干和枝条上皆有"星星点灯"的炫美。远观，好似黑夜中繁星万点，有玫红，有靛蓝，有银白……暗夜中光与电、动与静，给我带来了独特的美的享受！

"流光溢彩映小城，火树银花不夜天"，行走在广场上，感觉人在画中游，亦在天宫神游……

没过多久，又到了每日跳锅庄舞的时间了。男女老少，有着羌族华服的，也有穿便装的，自发围成了圈，将"锅"（阔竹围成上下镂空的圆台，中间用红绸做成火焰）包裹在中间，手拉着手，尽情地跳动着。可谓是：兄弟姐妹舞翩跹，歌声响彻月弯弯！

不是天宫，却胜似天宫。

住在这里的居民幸运至极，拥一束绵软的光，以此温暖如冰的寒夜；陪一树锦绣的影，以此烘暖如水的岁月……

各色电线在树上缠绵，紧拥着，焕发着神奇的魅力，逼走冷冬，喜迎新春。看着，走着；走着，想着。我心渐暖了，那眼眸中的火树银花，温暖了我的双眼。

我不禁浮想联翩，欲乘风归去，邀春姑娘一同来到小城，潇洒抛袖，划过优雅的弧度。随后地上便有了如茵的浅草、似锦的春花、若绸的湖海……

草长莺飞，一年之计在于春。春，渐行渐近了，孕育的美好渐渐开启了……

人造星星漫山遍野，路旁、广场上所有的树皆已星光闪耀，盏盏红灯笼点缀在枝丫间，流光溢彩！

年，近了；城，美了；心，暖了……

逢春，幸福

二月，立春。

今是本年最后一天上班，十点到单位，没忙多久便离开了，回了老家。

俩侄女好久未见我了。上下打量着，要确定我的胖瘦，顺口夸赞几句。我心里自然舒坦，我毕竟喜欢在"姑姑，你又瘦了"后报以最满足的微笑，她们会"扑哧"一声笑了，接着"哗"地围了过来，问这问那。

一朵春花盛开在我们彼此的脸上，颜色渐变了，愈来愈浓烈了，心旦也随之暖和起来。

她们一直喜欢回老家看奶奶，不愿随我去小城。她们听说城里今晚有春晚，闹腾着非要我去看。现场体验远比电视机前观看好许多，两人特别兴奋。

春晚，的确很暖。"身边好人""最美小县人"，受伤不掉队，挺进省台少儿春晚的豆蔻少女，身残志坚，很励志，温暖、幸福汹涌而来，我真真切切地感觉到了。

一场场幸福，来得这么悄无声息。

春晚散场了，这里距离县城七里路，出租车很少，偶尔一辆私家车、中巴车如离弦之箭呼啸而去。羌寨门口就剩下五人，我们三个，一对情侣。

祈盼能有过来的车辆载我们回家，一辆戴"帽子"的车奔驰而来，又被人约去了。我的心波澜起伏，无法安静下来，为此，精力集中在朗诵群里，分析今晚现场表演情况。

绝望中，我在群里说了一句："我们还没回去呢。"结果，就有一徐姓出租车司机的电话号码出现，我像是掉于海，拼命浮游的落水者，捞到一只救生圈，顿生新希望。

没过几分钟，群友纷纷询问我们回家没，幸福的是，我们平安归来。群友说超级幸福，只因助人造福，自己也在积德行善。之后，心里的春花尽情绽放，芬芳溢满了心房。

今天从早到晚都感觉温暖如春。哦，春的脚步近了，幸福的脚步也近了。

请聆听！

水桃桃核

一个多月前，仲秋，文友们约我出去享受一下山村版的日光浴，我兴奋无比，欣然随行。

出了小城，晃晃悠悠南行，行至酒奠梁，突然看到马场村的村牌，便产生了拐进去转一圈的想法。

七拐八拐，到了这个以农家乐而出名的小山村。这个时节，已见不到食客，各个农家乐几乎呈现统一模式——关门歇业，我们只好信步游走着。

朝西走了半里路，远见一棵树上缀满了淡黄色的东西，一时间不知是何物，走近才知是水桃树，上面结的果子就是水桃。这种野生的桃子，在当今物质丰裕的年代，早已被人嫌弃，甚至遗忘。地上落了厚厚一层果子，有些已经腐烂了，令我深感惋惜，又很无奈。

这棵树长于一家院落的边上，石片砌成的矮墙半边凌空，从南而看，那一层层毛石片清晰可见，一半树冠伸出了矮墙，与这矮石墙相映成趣。

我跃上半米高的毛石片墙，站在树下仰望，数分钟后，最后决定蹲下身子捡拾落下的水桃，随行的文友不解，问我要这些烂水桃干什么。我诡秘地一笑，不语。我边捡边剥，捧在手中的只有水桃桃核了，这令文友们费解。

殊不知，这些水桃桃核有大用处。水桃不能入人们的胃，但桃核可做成手串。来源于大自然的纯净之物，不带任何污染，戴在手腕上，自然，古朴。

指头那么大的水桃桃核，一个个宛若灵猴，自然形成的花纹，有多有少，有疏有密，码放在一起，随意造型，体验其中的闲适与雅意。

往日见了水桃花，淡粉淡粉的，像娃娃的脸庞，完全不用粉饰，惹人爱怜。"雨中草色绿堪染，水上桃花红欲然"的意境，怎一个"醉"字了得！

今天，与桃花失之交臂，但看到桃核，心里踏实。我把手里的桃核一个一个用树下的井水清洗干净，小心翼翼地装进牛皮纸信封里。两色几近相同——棕色。

恰好，两个颜色一深一浅，更加相称，韵味倍增。怀抱信封袋，行走在山路上，顿然有种返璞归真的感觉。想当年，陶渊明隐居山中，羡慕秋菊，不断调整改变自己的心境，成为淡泊名利的典范。我不是陶五柳，但我却喜欢最自然、最纯净的物，甚为惬意，妙不可言。

简单到极致的东西才是最完美的，水桃桃核便是如此。我从袋子里拿出水桃桃核，不禁联想起来，似乎看到莽撞狂妄的少女，看到那些鲜衣怒马的旧时光阴……而今，这些都被如刀的岁月，一刀一刀削减了、淡去了，甚至磨灭了那些繁华的故事，留给我的只是这素净的时光。

风吹拂世终无言。水桃桃核不起眼，身上却无一点点邪气。我在想，倘若它是一个人的话，我一定是喜欢得不得了，因为它内敛而含蓄，从容且有张力。

关于爱情的桃花故事流传至今，然而，我这次捡拾桃核与爱情无关，亦无风花雪月之风。

拿着水桃桃核回来，请同事做成了手串，几天后同事喊我去拿手串，我惊奇地发现，它好秀气。同事说，你这么一清秀女子，一定要佩戴一串小一点的桃核手串。原来是他特意精挑细选的小码桃核，这样就不会扩大圈径了，与我的手腕特别相衬，我满是感动和幸福。后来，他又给我做了男女同款的水桃桃核手串。

在时间的长河中，爱情随着两人相处的日子变长而越来越淡，成了亲情。今天，却因这两串水桃桃核，让彼此波澜不惊的心，多了一分涟漪，多了一分暖意。

我对禅没有多少研究，但今天注视着手中的桃核工艺品，那浅褐色的材质，那刚中带柔的纹理，使我忽觉手腕上的手串有一种淡淡的禅味。

红尘俗世，我们皆是过客。我们是大自然的一分子，即便再怎么繁华，那一阵子烟云过后，还得回归大自然。

故，质朴的、自然的才是最永恒的。

看着，悟着；悟着，看着……

与世界温柔相处

人,到了一定年龄,就懂得平和淡泊了,愿意深情、温柔地与世界相处。

她,是家里唯一的大学生,父母的骄傲,二十年前,村里的人都为她自豪。她父母走到哪里,别人的笑容就跟到哪里,全是喝彩。

四年大学一晃而过,她很快有了工作,算不上超级喜欢,但也不讨厌。故,她就在按部就班中沉淀每天,日子在工作、嫁人、生子、育儿中一天一天、一点一点度过,她几乎没时间享受这些行同套路以外的时光。同一个办公室的人,越来越发现她缠绕在一大堆家务事当中,慢慢地,出去吃饭、爬山、郊游等活动,不再呼唤她,久而久之,她淡出了他们的视线。

几年下来,她将工作与孩子并举,一个都不落,仍旧没有与评优结缘。可她依然认真地活好每一天。直到有一天,她的男人携子离开了她,再也不回来了。她无泪,木木地望着两人的背影,渐行渐远,渐行渐远……

她和琼的关系甚好。往昔，遇到不开心的事情，绝对要给她事无巨细地讲述，琼都觉得她太絮叨了，有时故意找其他话题岔开，谁知，她全然不顾别人的良苦用心，自己又将话题折回来。

她的琼说，对你来说，这个世界好无情、好凄凉。

她笑而不语。

她与世间厮磨多年，偶然一天，她发现，这个世界满是包容。世间的许多美好，替她扫除阴霾。

她喜琴，也对文字、音乐、舞蹈、插花、摄影和书法有所爱，且有几样还成了她踏遍祖国山水的常备嗜好。背着单反相机，穷游，把眼眸中的美好一一定格，装进心海；打开电脑，坐于屏前，敲打键盘，仿若击打着琴键，一首首和谐悦耳的音乐从心底缓缓流淌，如潺潺溪流，入心。

她的心，还有别人的心。

生活如同七色阳光，在她的世界里总是温暖如春。

她的笑容，随着季节风，一丝一缕，伴着莺歌燕舞，一起花红柳绿，泅成永不褪色的诗行，温婉光阴，永驻时光中。

错过美好，就等于失去温暖。她说。

但凡与她邂逅的人和事，她都会善待，因了她的善意，阳台上的花花草草，即使是随意摆放在塑料盘子里的蒜瓣，给点水，也能长成葱葱郁郁的绿苗，她都认为与它们相见，是一种善缘。心情自然好许多，伫立良久，凝神，静思，顿悟，也能写出一篇清心小文来。

雪小禅老师曾写过《在薄情的世界里，深情地活着》一书，她不觉得如此，反而认为这个世界是美的，美的事物举不胜举，才有了每天不一样的生活。

一事一物总关情，她的孩子愈来愈喜她，点点滴滴，渗透着不可重复的温情。她笑了，温暖，满足，把一种血溶于水的情，深刻诠释。

她说温柔地与这个世界相伴，亦是幸福。

陪你一起变老

时间总会悄悄偷走曾经的年轻,还有"麻利和速度"。不知何时,我发现自己已老,还没来得及看清时间的分分秒秒,过肩的青丝里裹着的白发,倔强,不安分,喜欢"冒尖",从缕缕黑发中探出整个身子,异常刺眼。

扯下一根来,放入掌中,唏嘘不已:老了,老了!

闺密,与我风风雨雨几十载,不离不弃,我之福也!

好久,没顾上去她的微信空间转悠一下了。网络朋友超多,每天朋友圈里各种信息,分分钟更新,一些老友的信息自然沉底。闺密很少发动态,多因工作而为之。但,如遇上我在公众号或者网站有新文,她定会转发,我之幸也!

一行小字闯入我的眼帘,我着实吃惊不小:"送给我最亲爱的若冰。"

若冰是我当年开始发表小豆腐块时自取的笔名,她甚为喜欢。

因这行小字,我随后点开链接,是一首歌,名为《陪你一起变老》。

时间却是十四个月之前,我恍若梦醒时分,她竟在那么早就送给我一种深情的陪伴,我却全然不知。今天,既然知晓了,就静心听听她的心音：

　　院子里开满了玫瑰，

　　挂满了葡萄，

　　我们坐在摇摇椅，

　　开心地笑，

　　……

　　不管未来有多艰辛我是你的依靠，

　　我要陪着你一起变老，

　　……

　　让爱停在这时光隧道，

　　我会珍惜和你的每分每秒，

　　直到海枯石烂天荒地老，

　　……

　　玫瑰，摇摇椅，依靠，一起变老，听起来都是多么美好，多有诗意，远方，或许很远，又或许不远。远与不远，有她陪伴，我愿将一颗感恩的心，安放在流年里，将素雅别在衣襟上，就这样行走在时光的隧道里，安静、顺心地走着，走着，每分每秒，不孤单，直到天荒地老！

　　她的额头顶着一绺深白，我的双鬓也染霜，相视一笑，牙齿间挤出两个字，随着浅浅的笑窝，颤抖，"老了，老了"！

　　我们开始回忆年轻那会儿，谁给分配多难的任务，那都不是事儿，快速高效优质完成，得到一个竖起大拇指的褒奖，足以令我们疯癫几天。如今，说是进屋取东西，谁知，在里面转了好几圈，也想不起要拿何物出来。有时，不得不怀疑自己老了吗？

　　在慢慢变老的路上，能有闺密相伴，倒也温暖。一天天，一点点，优雅从容赴老，又多了几分深情。

　　有一种相伴，叫相依相偎；有一种偎依，叫从容不迫；有一种从容不迫，叫天荒地老！

隐藏许久的深情

和日子相依相偎，仁者见仁，智者见智，但有人却有着独特的诠释。

1

一组名为《我和爷爷》的照片在网上迅速走红，成为无数人的"催泪弹"。这200多张照片，是一位辽宁女孩为她的爷爷拍摄的。

这位女孩名叫石勋尧，后来成了一名警花，她用独特方式温暖了仅有的亲情回忆。

石勋尧幼时父母离异，她跟妈妈生活。然而，一个中年妇女上班、照顾孩子，两头跑，吃不消。恰逢退休的爷爷住进了石勋尧焦急的眼神里。从此，爷爷奶奶就成了她的爸爸妈妈。

8岁，石勋尧喜欢舞蹈，每月四十元学费，另外还需要买一身舞蹈服，要四十元。她翻出家里的游泳衣去练舞蹈，就因不想给爷爷奶奶增加负担。可是，终有一天被细心的奶奶发现她藏起来的"秘密"。

奶奶因此去给舞蹈学校做手工活挣舞蹈服钱，石勐尧见到奶奶红肿的手指，疼惜不忍，热泪汩汩，一阵啜泣……

石勐尧终于有了自己的舞蹈服，可以和其他同学一起跳舞了，她无比兴奋。暗自发誓，一定要练出个模样来！

她冬练三九，夏练三伏，格外勤奋，终于有一天体力不支，练完舞蹈后身体歪歪斜斜的，有大厦欲倒之势，她顺势抓住了门框……

这一切被奶奶碰见了，回家后告诉了爷爷。

爷爷劝她不要再练习舞蹈了。

石勐尧说，当年爷爷您走山路去学校，比这苦多了。

她咬紧牙关继续练习，后来机会宠幸了她，她去了部队文工团。

奶奶已去世了，家里只剩下了爷爷。

石勐尧每周回来看望爷爷一次，偶见爷爷躺在阳光里，浑身就跟铺满金闪闪的水花一般，显得安静许多、慈祥许多。猛然间，石勐尧决定拍下这一幕。后来，她发现爷爷每周都盼着给他拍照，虽说都是日常，却很享受，洗脸、喂饭、洗澡、剪指甲……

爷孙俩看着冲洗出来的照片，寻找着不足之处，希望下次弥补缺憾。她就这样坚持着，为爷爷拍下了200多张照片，她说，从这些照片中我看到了平淡生活的仪式感。

她和爷爷相依为命好多年，爷爷又像是爸爸，点点滴滴融化着她的内心，练就了她的自强。

爷爷走了，她才恍然大悟，正因她的勤奋与苦练，才有了曾被逼出来的坚强，终于造就了她这名警花。

原来，有一种深情是逼出来的。

2

晨，在父亲老杜的眼里就是"娘炮"，不肖子孙。

他出生在一个优渥的家庭，父亲是茶商，母亲相夫教子，日子自然过得优哉游哉。父亲给晨安排了去一个优秀幼儿园开启正规受教育模式，一副决不能输在起跑线上的架势。然而，在商言商，故此，老杜就很少在家，晨跟着母亲家里家外地跑，美容院、商场也成了晨常去之处。

老杜回来和业界精英一起推杯换盏也带着晨，希望他自幼能在这种环境中耳濡目染，日后成为商界精英。谁知，晨和两个女孩子玩化妆游戏，顷刻间，一个小男生俨然成了一个姑娘，令老杜动怒，暴跳如雷，竟动手提起晨，转身回家。

晨的母亲却不买账，觉得是老杜做父亲失职。

日子如水，细细流过。晨已长成了青年，老杜见他"娘里娘气"的模样越来越浓烈，干脆来个"急刹车"——要他东渡日本留学！

身处异地的晨成了独体，便模仿那些穿着洛丽塔衣服的姑娘，蕾丝、头饰、碎花衣服成了他衣柜里的特有之物，当然多数是为了参加动漫展。在那里他少了孤独和落寞，多了几分早已放得发霉的活力。

父亲从微信朋友圈里见到晨晒的照片，气得浑身筛糠一般，索性断了他所有的经济来源。两年过去了，晨还未毕业，地震来临了，他被"绑架"回国。

从此，父子俩互不往来。晨，愈加叛逆了，租屋打游戏。

经母亲好言相劝，终于同意远离父亲去开茶室，母亲偷偷地给他邮寄茶叶让他经营。他穿一身花衣服，与传统茶服背道而驰，茶客诧异，很有距离感。故而，门可罗雀，终究关门了。背了30万的欠债，吓得他不敢回家。

老杜气得住进了医院。

晨接到信息赶紧跑往医院，隔着门上的玻璃看到父亲插的氧气管，他内心彷徨、纠结、郁闷，最后咬了咬嘴唇推门进去，想拉一下父亲的手，可还是放弃了。

母亲看在眼里,拽着儿子在病房外告诉他实情:早在他留学日本时,父亲的生意已经出现亏空,但他没让你知道。

亲友前来医院探望老杜,给晨微微透露:当年开茶室的钱,其实都是你父亲假借亲戚的名义给你的。

晨得知一切后,心里五味杂陈。不能让这个家倒下去,不能,绝不能!这一句话成了他内心的最强音。

晨又苦思冥想,最终认定做日本料理。选址、考察、租房、设计……一系列的事情皆亲力亲为,几个月下来,人瘦了,但气色远比往昔好得多。

一年之间,店铺美名传扬、门庭若市。

旧债未还,新债又添,屋漏偏逢连阴雨,老杜患病卧床不起,债主上门追债,无奈,卖掉了老宅,还上部分欠款,还剩余百万。晨主动地将欠条名字改成自己的。

白天雇人看店,他去医院照顾父亲;晚上回店料理事务,用剩下的炭火给父亲做饭。

老杜眼里掠过从未有的泪花。

晨的确很拼,他模仿喜欢的日本作家东野圭吾小说《解忧杂货铺》,特意做了一面心事墙,让前来用餐的顾客将自己的心事写下来,慕名前来的客人络绎不绝。

晨成功获得第一桶金。

那面心事墙也成就了他的婚姻,一家人其乐融融。

老杜此时才发现,儿子晨并不娘,只是他更独特一些。

晨回眸自己走过的路,猛然慨叹:有一种深情,不仅夹在温柔里,还会藏在不解里……

又遇旗袍

晨曦微露，几缕淡金色的光芒斜铺下来，将这个五月的小城近些日子的丝丝寒意驱散了，我心里不由得也亮堂起来。

今日要同县朗诵协会旗袍队的姐妹们一起走进大自然，融入大自然。

姐妹们精心打扮后开启出发模式。二十分钟的行程，到达了最美的乡村——马场。

好久没去马场了，这次一下车，发现小村焕然一新，双马腾飞、3D墙画、淡黄色栅栏展现在眼前，恍如置身世外桃源。

姐妹们身着旗袍，静若止水，韵味各异。一袭正红亮片旗袍首先登场，她们手持着绢扇，微笑浅然，优雅矜持，高贵尽显。

身着旗袍的女子，穿行在山间小径，有一种别样的美，是一道独特的风景。

日常穿旗袍的人愈来愈多了，然而在小城却不多见。今天，她们是一群中华旗袍文化的传承者，一步一优雅，一步一美好，缓缓地，缓缓地迈着莲步，来到一座小桥边。待她们刚站定，数以千计的玉蝴蝶翩翩飞舞，一对对柔软的翅膀上下扇动着，盘绕在这抹"红云"的上下左右，如此奇特之景，令人惊艳！

想当年观看电视剧《还珠格格》时偶遇香妃，她一出现便有成千上万只蝴蝶闻香识人，与她嬉戏着。数十年后惊现这一幕，香妃云集至此也。

连蝴蝶都喜欢旗袍女子，更何况是爱美的我呢？

马场的村民们纷纷站在自家门前、路旁，欣赏着这一抹奇特的风景。

清风徐来，我换上了一件白底粉白玉兰花的旗袍，伸开了双臂，与玉蝶同飞共舞，我好像变成了一只洁白的蝴蝶，那种飘飘然感，妙不可言也。

姐妹们纷纷换上了各色各款旗袍，民国风、老上海、典雅范儿，一应俱全，眼花缭乱。

"锦袍华贵淑女娇，玲珑曲折现苗条。媚态横生销魂处，飘然漫步飞燕骚。"巧笑倩兮，美目盼兮，娉娉婷婷，款款而来，那曼妙的身材，那优雅的气质，那古典的韵味，随着旗袍的曲线而缓缓流淌着……

高挺的衣领，一排古老的手工盘扣，把美丽的玉体包裹得严严实实，却又凹凸有致，玲珑尽现。修长的裙摆，两侧开衩让迷人的春光忽隐忽现，柔美至极，妩媚至极。

旗袍的美，在于其韵味，在于举手投足间女人那种柔美温婉的韵味。旗袍，宛如一朵开在时光深处永不凋零的花，一袭岁月的优雅，美成了一幅图画。

我喜欢看荧屏上各色式样的旗袍，缝着细密的针脚，染着浓艳的色彩，典雅图案和花色，从条纹到格子、花朵到梅枝，尽显精致和高贵。至于颜色，更是异彩纷呈，藏青、猩红、鲜绿、绛紫，缤纷到惊艳。

旗袍的美，是时间沉淀着岁月泛滥着的虹。很喜欢张爱玲的文字，喜欢她文字里穿梭着各式各样穿着旗袍的女子，她们的命运绚烂得像极了它的花纹。旗袍，在她的笔下流泻着冷艳香凝，令人浮想联翩。

旗袍，越来越受到各种肤色的女人的追崇，婀娜多姿，摇曳风情。它是中国女人内心深处的一种情结，是镌刻在中国女人骨子里的美。不管在哪里，只要有中国女人的地方就有美丽旗袍的靓影，多少女子的心中都住着一个梦——做一名旗袍女子。

你看，前面的女子高挑，发丝分两侧而绾，穿一条白底牡丹老上海风格的旗袍，迈着不徐不疾的莲步。我紧跟在她的身后，仿若在穿越，是在明清，还是在民国？

旗袍遇到了合适的人，亦是缘分。小城女子照样可以演绎出旗袍的韵味，或淑女，或书香，都是独特的美。

一座小桥，一张复古桌子，一把椅子，一本书，一把绢扇，一只小包，与旗袍相配，精妙无比。

古枫涯说："一袭青衣，染就一树芳华，两袖月光，诉说绝世风雅。行走在芳菲的流年里，身着旗袍的女子，永远是一道亮丽的风景。"

是的，旗袍尽显女性身材和气质，温润如玉，婉约如诗。旗袍，女子，两看相不厌。我已过不惑，望牡丹不敢走近，见芍药却敢近身。于是，我搬来一把红布套的高背椅，坐在芍药花跟前，手捧书卷，淡淡的墨香，丝丝的花香，与旗袍的花茎、叶脉融合……

旗袍的雅致，具有东方的美、东方的神韵，穿在发髻高绾、身段窈窕的女人身上，更能彰显出其典雅之美。

"锦袍素雅身段娇，春风拂柳展妖娆。"那含蓄而内敛的风韵，宛若流云，又似流水；清若柔风，恰似细柳；像是古琴，犹如宋词……

一款款清秀，一缕缕古韵，缓缓地、柔柔地流淌在这个美丽的春色里，流淌在这个最美的乡村——马场里……

走近奇石

去年与小城一友相遇,得知他的爱好转向收藏奇石,我诧异万分,一个曾经迷于电子产品的人,怎会恋上石头?

这个疑问在我心里存放许久,却没机会讨教。

今天,偶有时间,便约好去古凤州,他的石馆小坐。进入石馆,我情不自禁地奔向第一眼看到的奇石。远观,好似一幅山水画,各种绿,沁绿、淡绿、青绿,自然地分布在一尺见方的柔白色石头上,凸显出浑然一体的美。

我急忙给朋友说,让他先别讲解,看看我分析得合适不,他应允。当我津津乐道地将我心中所想一股脑吐出来后,他微笑了一下,依然不语。我暗喜,转而立刻又有些不安了。

不安的是,他笑而不语,让我大致已猜到其中有些欠妥,肤浅、遗漏,皆有可能。我不好意思地收敛锋芒,请求他给讲解一下。

没想到的是,他让我顺着手指远观细看。

指着那处绿告诉我,那是一位得道之人与一位将军正在讨论,他说这块奇石名为"华山论剑"。听罢,我自嘲:本女子眼拙哦!

他笑了,我也笑了。我笑自己知识面太窄,此时大脑明显短路,词穷也就罢了,怎么想象力也弱化到零?

然而,有些时候,事情总喜欢捉弄人。

旁边的一块黑白相间的石头,又惹得我的眼睛落在了它的身上。我一眼看出是母亲双腿屈膝而跪,双手高举孩子逗乐,那一刻,连这块奇石的名字我都想到了,思维向着"母子情深"方向靠拢。

有了上面的"败笔"之词,我压住逞能的劲儿,听朋友来讲解。这次,他说是一位卡通女孩。

原来我们两人是从相反的方向观察,自然看到的是迥异不同的结果。

在朋友的引导下,我又观赏了满满一屋子的奇石。石头奇怪,怪在形状。行走在石馆中,我感到千奇百怪的石头亦是有灵性的。

每块奇石都是独一无二的,吸纳天地之精华、日月之灵气。它们长年累月默默地躺在地里、土中、沙堆……在流年中见证四季更迭,忽然某日与有缘人相遇,成了第一次邂逅。

伫立良久,细观各色各类的石头,它们恍若穿过远古、秦汉、唐宋、元明清,几千年积淀下来。怀着一颗好奇心,我更想知道朋友迷醉于奇石的历史。坐下来,慢慢品茗,聆听他的传奇故事。

十七年前,他一次下乡途中,在一条深沟偶遇一块石头,恰被劈成两半。然而,正好能从断面清晰地看到里面的图案。那树纹极其明显,让他爱不释手。之后,他细察了周边环境,各种迹象表明,这块石头应该是个"宝贝"。

他拿着这块石头亲自走访了村里年龄最长的老人,探明五十年代这里的地形地貌。听罢老人的叙述,他心里就有谱了,与自己的猜想大致吻合。这下,他信心更足了,从此,走上了寻觅奇石之路。

这么多年过去了,他经历了许多,惊险之余得到的"宝贝"堆起来,宛若一座座高山，他从中获得了很多有关奇石的知识、经验，令他十分自豪。

说起他的"宝贝"，我转头再次注视那些坐立在架子上的块块奇石。每块奇石下面都有着他量身定做的底座，足见其用心良苦。

一方坚守一方情。他与奇石相伴十七载，有惊有险，有苦有累，有乐有趣。与奇石待久了，他自然懂得其中的许多乐趣。

在这里，我与奇石一起度过几个钟头，竟也觉得收藏奇石真乃一件趣事也！

奇石是大自然的馈赠，它区别于人工雕刻的石头，属于大自然雕琢、洗练的珍宝，石形独特，石色鲜艳，石质细腻，纹理清晰，图案优美，可终究还是需要与它有缘之人，才能在沧海桑田后的某一年某一天相遇。

在朋友的石馆又见到了几块色泽鲜艳、形状独特的奇石，上面的图案惟妙惟肖，五官清楚，轮廓清晰，神情生动，形态逼真。曾有人说，世上没有两片一模一样的叶子，奇石亦是如此。其材质、花纹、色彩、造型不同寻常，可满足欣赏者、猎奇和审美者之需求，亦可供收藏者把玩。

在一本奇石书上曾见过我国最著名的四大奇石"东坡肉形石""岁月""小鸡出壳""中华神鹰"，不由得惊叹大自然的奇妙，感到一股股大自然的气息从石头照片上散发出来，让我的心回归到大自然中。今日，我走近一块块奇石，发现它们的身上散发出一种独特的文化气息，轻轻触摸它，静静聆听它的心语，感受它奇妙的神韵。

一石一世界。南宋诗人陆游曾吟唱："花能解语还多事，石不能言最可人。"足见石头与花儿相较，自有可人之妙处。宋代黄庭坚面对色泽碧绿、石质细润、莹洁如玉的甘肃洮河砚石，赞不绝口，赋诗赞之："久闻岷石鸭头绿，可磨桂溪龙文刀。莫嫌文吏不知武，要试饱霜秋兔毫。"

我的思绪停留在了宋诗风骨中，许久不能走出。心想，古城与甘肃相邻，陆游、黄庭坚倘若能穿越到这里的话，会不会见到今日的奇石，又即兴赋诗几首呢？

朋友娓娓道来，让我大开了眼界，了解了奇石的精妙所在，懂得了赏石的方法。赏石并非一定是昂贵的石头，有时也可能是一枚不起眼的陋石，乃至"丑到极致"，但它总有其独特的美，就在于你的欣赏角度和欣赏力。

仁者乐山，智者乐水，仁智者乐石也。古人云："山无石不奇，水无石不清，园无石不秀，室无石不雅。赏石清心，赏石怡人，赏石益智，赏石陶情，赏石长寿。"千百年来，国人的爱石、搜石、藏石、品石之风源远流长，形成了一种传统的赏石文化。无论从外形看，还是从艺术、意境角度来欣赏，皆能给人一种独特的美的享受。

奇石，贵在以奇见美，美中显奇，奇中有美，美中藏奇，既奇又美，美奇一体。"玩之者无穷，味之者不厌"，石头之美，曾倾倒了古往今来无数的文人墨客，难怪不少人爱石、痴石、迷石、醉石，甚至拜石了，原因就在于石头中有大奇大美存焉。

在朋友的石馆里还见到了象形石、文字石、图案石、燕子石等，足以让我眼花缭乱、目不暇接了。

忽见一奇石，就想起一首诗来，"老树新花百千朵，惹得春风一夜来。放翁今日何处去，笑傲江湖我自开。"

内心的宁静，是最好的修行

高考结束后，朋友圈里盛行一种说法：最好的学区房是家里的书房。

书房，自然是读书人最好的去处，冬暖夏凉，与豪庭别墅相比，多了书香气息，黄金万两也无法买回书中的黄金屋。

读书人和不读书人最大的区别，应是内心的宁静。

读过的书，便是走过的路。读的书多，去过美丽的地方多，见到的奇景多，遇到有思想的人也多，与他人擦出智慧火花的时候自然多，在光阴的慢速沉淀中，那些浮躁之气如秕谷，终究随风而去，留下来的是淡然、沉静和从容——不以物喜，不以己悲。

读书之人愈加豁达，红尘琐事早已在书中遇见过，阅读过许许多多名人轶事，自然懂得海纳百川，有容乃大。徜徉在书中久了，心态也变好了，心撑大了，自会平和，不再斤斤计较，不再在方寸之地纠缠，提高站位，会放大格局，心里日渐有了波澜不惊的壮阔。

杨绛先生说："我和谁都不争，和谁争都不屑。"只求做善事，做好事，使内心宁静。读书之人，才会拥有此等境界——我若盛开，清风自来。

心宁，眼净，心宽。看山还是山，看水还是水。对蓝天白云，青山绿水、人间美好，皆会寄情于笔端，任其流淌。纵有不悦，亦会在书中、文字里释怀，觅得内心最大的宁静。

行走在凡尘中的人，在阅人无数后，或许才能放下许多名和利，活出自己的精彩。换来这种内心宁静的路程太曲折，甚至，太漫长。读书，是捷径。认真阅读，就会发现读书是最好的修行。

以史为鉴可以知兴替，以人为镜可以知得失。

集腋成裘，聚沙成塔。读书时间攒在一起，将会让灵魂"云游四海"，与世界上从未想着要去的地方近距离接触，和世界上一切有志之人交汇，瞭望全球，一切如此美好。

在有限的时间里，与无限的美好相遇，便是人生中莫大的憧憬和向往。心中有爱，愿中有爱，爱中有情，追着真善美奔跑，内心自然美好，自然宁静。

然而，活在滚滚红尘中的我们，倘若能放下包袱，轻装上阵，一直向前奔跑，不停地与美好、豁达、思想者相见，那么，内心自然会宁静，这不能不说是人生中的一种修行。

二十几年前，我刚过二十岁，参加工作。学生出言不逊，我接受不了，自己生闷气，倒在单人床上，望着竹席顶棚，想这想那，一言不发，心想，我是老师，理应被学生尊重，现在受到如此惨不忍睹的待遇，师道何存？

这个疑问，让我茶饭不思，就为求解。

钻牛角尖后，怎么也走不出来。这样的想法，在我的脑中植根多年。

等到有了儿子，从咿呀学语到蹒跚走路，从幼儿园到小学，从县内补习班到省市兴趣班，我一步一步地行走，一件一件地做完。

学生的课程，我一点不落。早读、语文课、班会、自习，一个环节都没少。

六年时间过去了,我带了一个班,六十多人,秩序井然,但,偶尔,也有学生偷着出去上网吧,我得把孩子交给同事照管,自己骑着踏板车去小城网吧,挨个去找,逐个去查验背影,再转到前面去对照脸庞的模样。等到摸排完,终于找到那三个学生,我什么话都没说,也不能说,他们毕竟是孩子。

我推着踏板车,一路陪着他们,时间太晚,走在路上时,晚上十一点,路灯熄灭。我不能埋怨,继而将踏板车大灯打开,照路,二十几分钟,四里路,完全被我们远远抛在身后。

他们回校后,我送他们回宿舍,然后再到老师宿舍领回儿子,给他洗去满脸的泪痕,讲故事,哄他入睡。

我却没有生气,我吃惊。

一晃,我已带班十个,学生也不知有多少了。现在,我面对学生,总羡慕他们年轻,理解他们年轻。

我不知这算不算人生修行,至少,我知道内心宁静,于人于己,皆好!

不仅仅是鞠躬

这周,我轮值,原本正常的三个课头的语文教学,就已够忙了,加上近日辅导节目和值班,时间真的是分秒必争。

周五,早上十点,大课间,师生自由活动。我走出办公室,准备去教学楼楼道和教室巡查,转而一想,值班汇总表还未领到。恰好,看到俊成同学,从三楼楼梯上下来,便请他帮忙。

他说,老师,我把课本放到教室,就去。

大约五分钟,他来到我办公室,喊报告,双手递上我要的表格。我真诚地说了声"谢谢",谁料,他一边说不用谢,一边竟弯腰鞠躬,紧接着又说了一句再见。

我诧异,我吃惊。从教二十余年,只有基层一个乡镇的孩子,曾有过进老师办公室喊报告,走近老师鞠躬,事情办完后再鞠躬,这件事,给我的印象很深,很深,但距离现在很久远了。

我的学生,多是传说中的思维不活跃、学习不努力的代名词。俊成同学,本县人,因中考失利,去邻县读高中,后因注册不了学籍,又转至我校。就这样,我有幸和他成了师生。

课堂上,他内敛,不喜回答问题,我想着高中孩子的特点是向沉稳过渡,于是,也没勉强于他。直到作业交上来,我发现他的学习状况与他高中生身份不对等。

我对我的发现,也曾怀疑。继而,又观察了几次作业,不但没有打消我的疑虑,反而,心中的问号更明晰,多少个为什么,总在我的心里出现。

后来,我就利用阳光体育活动时间和他聊天,其实,是有意的,他,全然不知。

——这次征文,你完全可以参加啊?

——老师,我家家风几乎没有,我不知道怎么下笔。

——待人有礼、和睦相处、尊老爱幼……

——您这么一说,我像是有点眉目了。

后来,他交来的作文,恰恰就是围绕着"待人有礼"的家风而写,结尾处:家风不仅仅是一种礼仪,更是一种传承。

我读到这里,想说:家风亦是一种生活态度。孩子学习如何,首先要把人做好,而做人的内容是做事。俊成同学能弯下腰,如此谦恭,如此知礼、懂礼、行礼,实属难能可贵。这也是他人生当中一大宝贵的财富。

望着俊成同学离开办公室的背影,我想了许多,许多,俊成一弯腰,不仅仅是鞠躬,更有尊重。故而,我反思:对待学生不应一把尺子拉齐,多层次、多梯度,因人而异,才是最好的。

用拐杖敲出来的旋律

学校最近接待了一期电子商务培训班，男女皆有，中年人居多，跟往常一样，人来人往，办公楼楼道里总能传出各种声音。

习惯了学生的声音，不由得对他们多看几眼，示意他们：这里还有学生在教室上课。

然而，我的声音却没有楼梯上传来的打击乐好听，于是，我好奇，竖起耳朵，瞪大眼睛，等待着唱响主旋律的人出现。

不，不可能，怎么会是一双拐杖？

左，一下，右，一下，他终于显出"庐山真面目"了。中等个，皮肤黝黑，两眼深邃，眼珠子盈满活力和渴望，两个腋窝下的木拐杖，和他双腿残疾的模样，很不和谐。

刚才从三楼敲下来的声音，节奏清晰，串在一起，像是一首激进曲。现在，他终于到了一楼，下了最后的两个台阶，便是平路。这会儿，敲打地面的声音，却变得轻柔、和静许多。

前半部分激进，那是蓄势；下最后两个台阶，是旋律的过渡，现在柔和，那是抒情，音符、音调截然不同，起伏不定，合在一起，就是一首完整的歌曲，歌名大概就叫《生命的旋律》。

我从办公楼出来，跟在他身后，看他上坡，准备出大门。走到办公楼拐弯处，看到桂花树下的小草在风中给他点头称赞。

人，多数如草芥，渺小，微弱，常常被人忽视。他却不愿低到尘埃里，要活成一棵草的模样。

草，也有开花的草，模样照样清俊。竹子，挺拔，修长，四季青翠，傲雪凌霜，属于高大乔木状禾草类植物，速生型草本植物，然而，这棵草，却活出了"四君子""岁寒三友"的精彩，令君子敬慕，才学其精髓，成就自己。

他，和别人一样渴望新知，却必须付出比别人多许多倍的努力。他脸上流露出来的自信，却比别人多许多。

拐杖依旧响着，他双手紧抓拐杖的横木，一下，一下地往前走着，身后传来的声音，犹如竹子拔节的声音，节节高，我宁愿相信，这是真的。

生命如翠竹，青色，一种很青春的色彩，令人格外有力量的色彩，风雨无阻，依然保持本色。

他，不向命运低头，用不屈服做精神支柱，双手紧扶的拐杖将人间最强音奏响，那些混日子的人，或许，会羞红了脸庞，惭愧地低头，反思，不语。

命运，真的能一帆风顺吗？这仅是人们良好的祝愿罢了。行走的路上，风雨无法估量，甚至无法躲避，但我们却可以努力将自己锻造成主宰命运的最佳人选。

人，非贵即富，就好吗？不然，凡人为多，每天努力生活，尽最大努力，将心中渴望与希冀活成一棵草的精彩，奏响人生主旋律，便是胜却人间无数富贵与繁华！

第四辑　开成一朵花的模样

幸运花

校园的花坛里，三叶草随处可见，密密匝匝、层层叠叠，写满绿意，春风十里不如你的感觉油然而生，且汹涌而来。

春暖花开，热热闹闹，似锦，如缎，一派繁华。然，三叶草站立在地上，顶多高出地面三四寸，依旧与它的朋友相拥，沐浴清露，吸收日月精华，坦然面对昼夜更替，甚至，还要包容某些人的肆意践踏，但，退缩、妥协不是它的性格——定要重新站立。

每天路过花坛，不免要与它们对视片刻，除了眸子里装满鲜绿，缓解视疲劳外，还可感受一种清心，一种向上的力量，渐渐涌过来，一丝一缕，一点一点，慢慢地，缓缓地……

周五，照常开例会。午饭后，距离规定的两点二十分还有一个小时，我和同事，也是我的老师雪一起在操场慢走，说是助消化。

突然，四岁男童拿着一片叶子疾奔而来。他是和我同一办公室老师梅的孩子，语言驾驭能力极好。在三米开外的地方，就举着叶子，高喊着要送给我。

走到我跟前，小脸高抬，眼眸仰望着我们。他嘴里喊的是阿姨，分明是送给我的。因为，他将雪称为奶奶。

孩子的善良与爱心，满是纯真与自然，大可不必质疑他的诚意。

我不能让他的小手高举在空中太久，赶紧接过小草。低头，细看，竟是四叶草，心喜。

曾几何时，我在某处见到如是说，三叶草中的四叶草便是幸运草。大抵上是说，三叶草里的"另类"忒少，自然就应了"物以稀为贵"的老话。

现在女人脖子、耳朵、手腕、脚腕上的项链、耳坠、手链、脚链等饰品，就有四叶草造型，颜色多样：红、黑、金，且很火爆。有卖家索性直呼"幸运草"，这样取名自有用意：买家图个吉利，卖家走个销量，可谓双赢。

或许，我太喜欢清楚地看着，想着，活着。买回来的幸运，只能说是可求，我喜欢可遇，故而，至今也未曾买过四叶草饰品。

拿在手里的四叶草，绿莹莹，色泽饱满、圆润，宛若水头很足的碧玉，惹人心生爱恋。我想，四岁的小宝肯定并不知道四叶草自带美好，但他给我送来了幸运，算是满足了我的可遇之期望。

只因，它是一株幸运草。

初中，流行"小虎队"版本的《青苹果乐园》，感觉青春年少的我，就好似三叶草，蓬勃，有活力。

在时光隧道里走过近三十载，见我的学生也喜欢小虎队。

把我的心、你的心串一串，

串一株幸运草、串一个同心圆，

让所有期待未来的呼唤，

趁青春做个伴。

别让年轻越长大越孤单，

把我的幸运草种在你的梦田,

……

幸运草与爱、青春显然捆绑在一起。我的青春已过,但我爱的人和爱我的人,依然在我的身旁,我是幸运的。

四岁孩子,竟与我心心相通。转身,又给我折来一朵花,带着花柄,还有缕缕淡淡的清香,是花香,不浓郁,微风过处,清新无比,我又喜。

观花,柔白,浅绿,相拥,密不透风,仿若情侣牵手,一生相伴,将四季光阴从花朵上流走,见证岁月的绵长,世间温情的长久。

左手执幸运草,右手拿幸运花。恍若幸运之神与我紧紧依偎,好运真的就完全可以从现在开始。

每到年关,总少不了给亲朋好友送去祝福:行大运!

良好的祝愿,是美好的。但,夹杂了许许多多的因素:面子、人情、工作关系等。而孩子采撷的花草,是纯粹的、干净的、无声的美好祝愿,是一种爱和幸运的延伸:

别让年轻越长大越孤单,

把我的幸运草种在你的梦田。

艳阳天

五月，细雨缠绵，应邀出去。

和赵老师因文字而识，他说，很想与年轻人聊聊，我恰好也渴盼能有机会向老师讨教一二。于是，水到渠成地约好见面地点——艳阳天，不见不散。

我先到，急不可待地步入，往里走，一个招牌一驻足，抬头，凝视。门里，驴拉磨的造型，很有特色，真真的很有民俗气息、烟火味道，"呼"的一下打开我记忆的闸门。

那年，我七八岁，去了外婆家，见到了腰磨。她把两磨盘上带的一长木杆，横放在前腰，使劲地推动，顺时针，一圈，一圈，还伸手用小笤帚将溢出来的谷物，或者辣椒面扫进中间的圆孔，嘴里哼着小曲，很民歌的那种。顿然，与大山、矮房、老核桃树相衬，一种田园气息弥漫开来，一点一点，飘过鼻翼，飘上树梢，飘上云端，飞旋，带着一抹闲适，渐行渐远……

我三步一驻足，五步一停留。最终，双足情不自禁地迈进"耕读传家"。一盘土炕，一张炕桌，一幅烟袋老汉画，一套八仙桌，青砖铺就的地面，置身于此，像是时光凝滞在那个年代。

坐在炕边，看着顺着炕的三面围了一圈的彩色花纹墙纸，想起我幼时在家学贴炕围子，一遍不齐，拆了另贴，父亲瞪着双眼，厉色，一定要我把炕围子上沿贴成一条水平线，才肯作罢。

在这里，我不敢也不忍拿出手机玩，倒愿意享受那种将回忆锁定于此的感觉。

我手机响，低头看是赵老师来电，慌忙走出来迎接。

他欣然做导游，在艳阳天里细细转了一大圈。最后坐于大厅，觉得更接地气，更有烟火气息。头顶悬吊的一顶顶白森森的草帽，表明这里是与五谷相依偎。

民以食为天，五谷又与味蕾有关。赵老师问我喜欢哪种小吃。我不着急回答，而是静静感受这里的五谷味道，自然，甜香，一丝丝，与空气混合，甜了味蕾，甜了光阴。

我首选搅团，一种玉米面凉粉，全靠用力搅，九十九搅，使面团紧紧黏在一起，称搅团。这个名字听起来，都觉得很舒服，像是与玉米面团和力道在缠绵，因而，才有了一场美丽的邂逅，一场团圆。

趁热吃，有一种吃法叫"水围城"，吃进去的不只是劲道与玉米香，还有故事。

我早先写过家乡的水围城，形似小山，翻阅资料，与三国相连，便有了一些古远的味道。

赵老师说，那好办。

谁知，十分钟后，他端着两只碗，一个盘子走回来。我抬头的一瞬间，有些不知所措，这么夸张？

两碗搅团，是必需的，没错！那么大的一个盘子里装的是何物？

尘埃落定，是瓜瓜。

我笑，笑得有些不自然。他说，一般人吃不上。

我又笑。他不解。

我说，一位带妆女子，手持瓜瓜，往昔的矜持与优雅销声匿迹，成何体统。这回，他笑了。他接着说，生活就是活给自己的。

一张巨制瓜瓜，被对折成半圆，黄澄澄，带着玉米香，迅速攀上我的鼻翼，挑战我的味蕾，我的确抵御不了这种诱惑，净手后撕下一块来，缓缓放进嘴里，咬，费力，扯，用力，它不敢"藕断丝连"，更不忍"断舍离"，但终究还是拗不过我，成了我口中美味。

越嚼越香，越吃越回味。小时候，姊妹几人守在锅台前，看着母亲用即将烧过的柴火烘焙着粘在锅底的瓜瓜，黄黄的，边缘一点点与锅分离，慢慢翘起。我们就知道离可以享用的时候不远了。等到瓜瓜全焙干，那种原汁原味的香味，挑战我们的味蕾，涎水早已在喉咙里上下翻腾，伴随着锋利牙齿的咀嚼，发出清脆的响声，脆生生的，现在回想起来，喉咙里都会生出许多唾液来。

我的思绪依然随着我吃瓜瓜的动作在驰骋。身后来来往往的食客，纷纷向盘子里的瓜瓜投来目光，羡慕，质疑，询问，一时间，应接不暇。刚才，我的不好意思，顷刻间，变成了"骄傲"与神气。

邻座有位男子，带着艳羡，去里面挨着察看一番后失望回来，走近我们的桌子，说出遗憾。赵老师说君子成人之美，顺手撕下一块瓜瓜，满足了他的心愿。

坐在艳阳天，被浓浓的民俗包裹，感受到无须雕饰的民风之淳朴，与门外的钢筋混凝土城市相较，又多了几分温度，几分自然。

曾几何时，有句楼盘广告词——城市里的森林，在我的脑海里停留了许久。

这里，艳阳天，大抵上也是一片长在繁华小城里的原始森林，在呼唤着内心深处最淳朴的美好！

紫槐，紫槐

周末，相约去马场。

马场距离小城近十公里，小山村。

路上，透过中巴车窗，偶遇紫槐，惊喜万分。

紫槐，这个名字听起来都充满诗意，紫色的槐花，浪漫、温馨。比普罗旺斯薰衣草更柔软，更低调，更易亲近。

虚怀若谷的紫槐，不会昂头吸引人气，召唤人们的聚焦，而选择默默注视脚下的土地。舒婷说："不仅爱你伟岸的身躯，也爱你坚持的位置，足下的土地。"我亦是如此爱你——紫槐花。

按理，五月，槐花白花花，然而，今年，前一阵子骤然降温，农作物经受不住突如其来的侵袭，全部萎缩成一团焦黑。紫槐亦是如此，目前看到的叶子，都是二次发芽而得。

比榆钱大的叶儿，对生，分布在叶茎两侧，又依附于一枝细杆，层层相依，密布。晨阳，微强，想透过叶缝，也不易。

车行至马场村外一里地，急弯，两绕，弯度顶点有几树紫槐，抢眼，我惊，我喜，我狂，直抒胸臆，疾呼——紫槐，紫槐。

紫槐，宛若风铃，穿过千万里，从南到北，婉约中带着几分粗犷。风过，摇曳，多情的曲儿，生长在"邻居"的心里，我的梦里。

紫色，微醺，凝结岁月里的美好。

从前，听说紫色是贵气，高雅、好运的浓情释怀。买回一对耳坠，淡紫色，极像紫槐花，却不及它温婉、内敛。

仰视，紫槐花一瓣挨着一瓣，不忍分离一般。一串，一串，悬挂在淡绿色的叶片下，半遮半掩，倒挂，犹如紫葡萄。

窗户打不开，有点小遗憾。几分钟后，我在路旁小林又见到紫槐，急忙凑近，细察。可太高，看得不真切，真想找根带钩的竹竿，冲击紫槐花。冲动，总是产生在一瞬间，几秒后，又持否定态度。

到达目的地，下车，山里空气格外清新，大有远离尘嚣，抛却红尘三千烦丝之感。步行几步，见村里唯一的水泥路两侧，各种绿与树木、灌木、藤草相随，各色的野花散落，点缀着山村。一张最自然、最山村的画幅尽显，徜徉其中，断然忘却尘世间许多不愉快，俨然只做一回自己。

深绿、翠绿、浅绿，金黄、淡粉、大红，在晨露浸润下，越发精神抖擞，空灵。此刻，我的双腿有些不听使唤，完全被这里美景浸软。

上苍还是怜悯我的。在村口的小径旁，又见紫槐。树不粗，花却茂密，弥补了我心中的缺憾。远远就闻见一股淡淡的花香，它很快盘绕我的鼻翼，牵引我闻香而去。

树下，只有我，独享时光中的静谧，看花开，闻花香，很有诗意。因够不着，而心心念念地想着花能坠落。真巧，风过后，一朵花落，我的白鞋鞋尖上，立刻镌刻一抹雅紫，不容弄脏的白色，却与这紫槐花有缘，两色和谐，温婉，可心，像是有许多故事，从远古缓缓走来，过滤时光，留下这种最高雅、最享受的图景。

你相信缘分吗？我信。

我脚上的白鞋，今早才穿上，因了身上的一件白色袍子。不曾想到，一来马场，便与落花邂逅，紫槐花的色，与素雅的白色相遇，莫非是等了多年的情缘？

弯腰，捡起落花，细察，轻嗅，真有淡香，不似浓香，但很舒怡。合在一起的花瓣，半圆，像是母亲做的韭菜盒子，又如幼时戴的不分指头的棉手套。轮廓不很光滑，略有凹凸感，但整条流线依旧很美，或看或摸，皆很舒服。

紫色，是梦幻的颜色。紫色的梦，不浓酽，不寡淡，处子之梦，幻化之梦。曾令多少痴人憧憬，多少女人渴盼。然，紫色，融于一瓣花，别有韵味。

绽放的花朵，更是喜人，如蝶，翩翩飞；如耳，听得八面信儿。山中，有蝶，则美；有耳，则远。

一串串，摇晃着，像是小时候的摇篮，像挂在顶棚上的风铃……

风，轻吟，花，有开有落，一起私语。这么美的意境，怎可少了古曲，二胡、古筝、古琴？还是选古筝曲吧，与眼前的情景很搭。

手机里的古筝曲，和风、花、小溪，一起和鸣。高山流水遇知音，大抵就是如此吧！

思绪在悠扬的合奏曲中飘远，飘远……

高昂头颅者，孤独常伴，然而，紫槐很接地气，很感恩，不忘根本。

紫槐，浑身是宝，土壤肥瘦无妨，依然在流年里守候那一份静谧与柔美，那一份贵气与生机，那一份执着与向静！

晚　秋

农历九月，已是晚秋。

今早，同事说重新摆放办公桌，我默许，并配合实施。恰巧，我的桌子靠窗，抬眼便可见窗外韵味浓郁的秋景，伸手便可摸到不久后将使用的暖气片，转头又可见盈满生机的绿萝。

我暗自庆幸，我拥有一块"宝地"。

对于一个对美感极为珍惜的人，怎可错过如此好的机会。于是，我静立于窗前，透过玻璃，欣赏窗下那片绿草，以及它身上散落着的片片黄叶，宛若一块块蜜蜡，颜色饱和度极高，和周围有些冷淡的色彩相较，无疑多了几分活泼，几分诗意，"一叶落秋城"的意境在哪里？恐怕早已从明代穿越到现在，就在眼前，就在这片绿草上。

一片片黄叶自由飘舞，落在浅草上，绿黄相衬，格外夺目，像是女儿家的连衣裙，俨然一副小清新，不媚俗，不自我，即便是落地，亦是一种风景，装饰了我的眸子，装饰了我的梦，装饰了这个季节——晚秋。

举头看看依旧坚守在树杈上的叶子，虽不及先前密集，但，别有一番韵味。那一个个树杈，像伞架，稀疏的黄叶，却像一块花色伞布，我不由得浮想联翩……

常言道："有容乃大。"这把巨型"伞"，正是如此，似乎欲把这个秋天飘落的叶子，天上的云彩、月亮、星辰……统统收入囊中。

今天，是阴雨天。不是风轻云淡，到处湿漉漉的。地上的叶子仰望着挂在树杈上的叶子，微微一笑，风采依旧。或仰或卧，都那么安逸；或站或立，都那么从容。它深知，这个季节需要这些黄叶——一个个小精灵，它们活跃起来，晚秋依然活力满满。

秋风中，几片叶子离开树杈，优雅旋转后，缓缓落地。仿若一只只黄蝶在空中曼舞，姿态翩然，自我陶醉，直到让我也倾心醉眸。

我喜欢看这种来自大自然，返归于大自然的舞姿。很有《白杨礼赞》中的"白杨精神"：知恩报恩。

秋风起，黄叶落。一场秋景胜美图。

"秋风萧瑟天气凉，草木摇落露为霜。"霜降已过，地上开始结霜，天气转凉。这会儿看着橙黄的落叶，反觉得这个季节不再那么凉，生出几丝暖意来。

望着窗外的晚秋，游目骋怀，半天也拉不回漫游的思绪。就在此时，一行大雁却从空中飞过，更能告诉我，这已是晚秋。李清照见大雁曾抒怀："云中谁寄锦书来？雁字回时，月满西楼。"此时，我的心绪莫名地变得忧愁起来。

因生计，我们聚少离多，常年如此。如今，看着雁阵掠过，心中的落寞若能随着大雁飞往，亦能了却我愿。

我做了几个深呼吸，调整我的心绪。可我的思绪像脱缰野马，继续驰骋。我思考这一年的收获，从春到秋，历经三季，收获甚微。扪心自问，为何我还不及这落叶？今年所剩时间仅为一年的六分之一，我还能在两个月里收获什么，难道要苍白地奔向下一年？

想到这里，我顺手摸了摸我的脸，微热。低头不语。

晚秋不晚，风景依旧。

满山墨绿包裹着几簇复古红，一排排黄绿相间的杨树，偶尔还有几棵梧桐树在秋风中飒飒作响。这时的雨丝又连绵不断，我又想起那句"梧桐更兼细雨"。若将时间置换成夜幕垂下之时，或者是晚秋的深夜，灯下临窗而坐，细听窗外淡淡的雨声、敲打树叶的声音，混合成晚秋的音乐，堪比丝竹声。慢慢地，一点一点地渗入，渗入……

忽然，一簇簇火棘钻入我的眼帘，像是改变了我失落、忧苦的心，使我终于有笑颜。索性，端来一杯茶，不过今天这杯不是红茶，亦不是清茶，而是一杯小青柑茶，那颜色和窗外的部分枯干的秋叶很像——成熟色，在开水的浸泡下，缓缓舒展开自己的身体，由蜷缩状变成了直立状态，却很秀气。同时，发出淡淡的清香味，沁人心脾。

那一颗颗宛若南红的火棘，让我感到这个晚秋已不是那种迟来的美，而是一个奔放、热烈的季节。倘若从这个时候开始努力，为时不晚。一时间，我的脑子像是开窍了，诗情大发，顺口胡诌起来："一生轰烈终不悔，满怀豪情秋风醉。东西南北仍矗立，笑看流年歌声飞。"

谁说晚秋就是"无边落木萧萧下"的凄凉，也有红彤彤的感觉。

心若年轻，岁月不老。

"自古秋风悲寂寥，我言秋日胜春朝。"人想要活得有感觉，有收获，就得像这晚秋，有黄、绿、红各色，使得自己的人生更有滋味，更有一种梦幻般的绮丽。

开成一朵花的模样

陌上花开，风清月白，星空遥望。明天，儿子又要离开妈妈，满怀的不舍，跃上爬满青翠黄瓜的竹架，带着一缕缕清香，一滴滴雨露，芬芳小院。

晚上，亮黄的花瓣，很抢眼。花瓣闭合，不曾看到灿烂花容，黄瓜花，宛若娇羞的女孩，藏匿在大如掌的叶子之间。空中明月，斜洒一地清辉，透着皎洁，亮晃晃，映在黄瓜架上。叶子的脉络凹凸有别，纹理遵从内心，朝该去的地方绵延，绵延。

弟弟光着膀子，和儿子一起做烧烤。提前腌制好的五花肉、里脊肉、鱼肉、香仔肠，浑身沾满碧碧的葱花，不知它们当中，谁更烟火。五彩斑斓，令人眼花缭乱，又垂涎三尺。唾液含在口中，几经翻腾，打着滚儿，撒着欢儿，硬生生地咽下，却将迷恋深情地噙在眼眸。

架在木炭烤炉上的各种肉，"哔哔叭叭"，阻挡不了的香气，陪同升腾的白烟，腾挪跌宕，徐徐绵延，绕过人的头顶，攀上我的鼻尖，密密麻麻、热热闹闹，拖着长尾巴一般，直接钻入鼻腔，猛吸一口，香得浓郁，不禁出口赞叹，真享受！

烤肉的香味，热烈无比，汹涌澎湃，大脑神经醉倒在肉香中，飘飘然……

"妈妈，你快看，这多像花！"

儿子拿着铁签子上的香仔肠，一端炸开，像百合。他说话间，我悄悄观察，儿子嘴角上扬，露出皓齿几颗，脸上有朵花，真诚、纯粹、干净，缓缓荡漾，一圈大过一圈。

弟弟见儿子如此高兴、满足，他将手中的烤肉，继续翻面，撒调料、抹油。食盐，掉在木炭火上，"刺啦"一声，钻心，好似揪心的痛；菜油漏下去，火苗猛高，烟花一般，立刻消失，陨落，昙花一现的惋惜。

"吃吧，吃吧！"弟弟烤好一把肉，对儿子说。

儿子遇上美味，自然不肯放过。一根根签子，儿子拿起，擦掉最前端的焦黑炭灰，在嘴角捋一下，从一边到另一边，香气绕鼻的烤肉，便滑入口，他鼓起腮帮，嚼得带劲，嘴角沾满红辣面、红油。

弟弟，无辣不欢，儿子怕辣。

烤肉吃下去后，儿子却没说一声辣。脸上的一朵花，开得更美艳，咧嘴说："好香！"

人，有时候对一件事情充满恐惧，故而，不敢尝试。亲身体验"小马过河"后，才知道水的深浅。

儿子开心，学烤肉。拿着自己的"杰作"，得意而笑；弟弟尝后，也笑，竖起拇指夸赞。儿子亲自尝一口，吐着舌头，不好意思地笑。

互望，脸上开着一朵花，灿灿的。

早上七点许，花黄满竹架，一朵，两朵，三四朵，悠然，向阳。花香淡雅，随风而来，丝线一般，柔软、交织。儿子好奇，问："黄瓜花为什么早上开得这么美？"

弟弟告诉他，晚上有月亮，早上有太阳。

是啊，心若向阳，自然芬芳。

儿子，伫立在竹架前，仔细端详，竟然有了新发现：花儿，在努力开放。

花色为黄，向日葵的颜色，金子的颜色，太阳的颜色。在光线的照耀下，一闪一闪，一闪一闪，跃动人眼，悦动人心。

花，美，无人拒绝。

生活里的煎熬，似火烤，像油炸，但，笑，就好。

我望着儿子的背影，他仿佛已然开成一朵花的模样，从容绽放自己的美丽，微风过处，缕缕芬芳，飘呀飘，去了远方，去了世间的角角落落……

燕去来兮

因值周，我必须去教学楼三四楼检查卫生。

刚到三楼楼梯口，与一只燕子撞个正着，我惊讶，我兴奋，清早，与燕子相逢，估计今天运气不差。想着，想着，我又继续往上走。

在四楼，我又遇见两只燕子，比翼双飞。一只，变两只，这不是好运，又会是什么呢？

我五岁半，正式进入小学，便学过《燕子》，黑色，剪刀尾巴，惹人注目。那会儿，我并不知道它的剪刀尾巴能给人带来什么启示，但觉得其造型与众不同。后来，得知，燕子低飞就是天气预报——雨欲来。

父亲的女儿初长成，爱美，喜欢拿着剪刀剪花、剪鱼、剪小衣服，感觉剪刀真神奇，完全可以把脑子里的东西，活灵活现地展现出来，渐渐喜欢上了剪刀。

岁月如诗。自然要剔除生活中的那些烦恼，所以，剪刀便成了一种重要的工具。剪，剪，剪，剪掉沉重的疙瘩，凝练如诗的日子，像鸟儿一样歌唱，寻觅属于自己的诗行，或长或短，皆是心中的暖，心中的美好。

忆往昔，心里不免对燕子多了几分喜爱。于是，又举步走向三楼，在一间教室门上方的阴角，筑起一巢，不大，但看得出，一圈一圈的花纹，土色，却很精致。

四楼，走廊的吸顶灯上竟然有鸟巢。奇也！怪也！不得不佩服燕子，在光滑的曲面上也能筑巢，搭建它们温暖的家。地上掉着一粒一粒的泥土，水滴状。

燕子衔泥筑巢，并不吃惊。但，那一模一样大小的泥巴，又是如何掌控，从哪里而来？"谁家新燕啄春泥"，蜂巢状的结构，又是谁教的？一连串的问题，如雨后春笋，一涌而来。

与三楼垂直的位置，也有一个大点的巢。不知，谁在那里还放有一桌一凳，我顺势爬上去，站在桌上，仰视，细察。服，服，真服！

燕子筑巢，三面紧贴墙壁，或者两面，巢筑得很结实，要留一个口，为燕子归来时所备。

曾经在教科书、影视上见到雏燕翘首企盼的模样，张开尖尖的小嘴，叽叽喳喳，像是焦虑或等回母亲的欣喜，令人动容，或喜，或悲！

母亲在，家就在。有母亲的人，见到鸟儿探脑四望，喜；丧母之人，则悲。

我分管的学校部室是卫生室，偶然发现，门框的右上角有燕巢，我心想，燕子大抵知道我喜燕子，就连名字里也有"春燕"二字，故，来找我，与我做伴。

接通知，马上迎检，这燕巢拆还是不拆？来年，"燕子归来愁不语，旧巢无觅处。"我不由得纠结，惆怅。

不知哪一天下午，天高云淡，我在校园的喷泉广场那伫立，仰视熟悉的一切，忽然，一群燕子归来。哦，春天到了！

"燕子归来，雕梁何处，底事呢喃语。"燕来时，春已到。新的气象，随之而来。

燕归来，时光又新，心，亦更如春。

古　城

当我的脑子里涌现出"古城"两个字时,我的心早已飞往生我养我的凤州古城。早在幼年,我便知这个古城有着威武的城门和连绵起伏的城墙。

耳旁时常听到大人们说:"我进城去呀!"当时,我不解其意,就问父亲,才知东城门关闭是有时间的,而住在城外的人,若是进入城内购物或办事,不慎超时就出不了城门。听父辈讲,当年古城里面热闹非凡,各种店铺应有尽有,打铁铺、面馆、照相馆、调料店……城外面的人进城是一种莫大的向往,住在城里的人不免就有几分自豪感和优越感。

据《南岐州志》记载:"凤之州名,其疆理与凤翔府邻,周兴,凤鸣于岐,翱翔至南而集,是以西岐曰凤翔,南岐曰凤州。"县袭州名,凤县的名字便始于此。那时的古城车水马龙、人头攒动、热闹非凡。

如今,那个繁闹的古城街市在流失的光阴里一去不返了,成了一座回忆中的古城,东西面的高高的城墙早已是残垣断壁,几米厚的黄土墙依旧在经年中毅然矗立着,见证着历史的沧桑。我每次登上北门外的豆

117

积山远眺时，总有几分伤感。

古城中至今保存着为数不多的明清建筑遗址和一条东西两头低中间高的老街道。从西门进入的话，就可以见到御笔亲提的院宅，乌黑发亮的土木结构的房子，屋内石板地面明显留下斑驳的印迹，透过这些，仿佛看到了千百年前的盛况。移步换景，走在那条久负盛名的古街上，虽有一些地方残损不全了，但当年我在这条街道上快乐玩耍的情景，却清晰地印在我的脑海、我的心上。

这么多年过去了，今天，当我站在秋风里望着这条古街的时候，依然回味咀嚼着那一个个生龙活虎、俏皮捣蛋的场景，不禁哑然失笑。

当年的县衙已经迁至双石铺镇了，庆幸的是那座文庙大成殿还在，殿宇巍巍，彩栋飞檐，气象雄伟，月台南岩有斜立石雕云龙大青石一方，庙院古柏参天、气势轩昂，屋顶长满了沧桑的见证——瓦松、荒草，在四季风中微微摇曳着，像是在述说着经年的故事。

现在文庙已经焕然一新，每每回到古城，我总要挤时间去小学和文庙一趟，如今，两者之间隔着一堵砖墙，却没能隔断我的回忆，我总会怀着崇敬之情朝孔圣人塑像拜上几拜，表达对这位大思想家、大教育家的启蒙之情。

经历这么多年，古城里的各种故事依然那么清晰，总会在梦境里出现。每次归来，我都免不了要在古城转悠一圈，背靠在斑驳的古城墙下，任由太阳光辉洒在脸上，心里有一种暖暖的感觉。

轻轻推开那斑驳的老院门，走过狭长的过道，一座小四合院展现在眼前，在小院里慢慢踱着步，脚下是凸凹不平布满青苔的砖面，一种历史的厚重感、沧桑感油然而生……

静水流深

> "静水流深,沧笙踏歌,如花美眷,只缘感你一回顾,使我常思朝与暮。转身后,一缕幽香远,逝雪浅,春意浓,笑意深。一叶绽放一追寻,一花盛开一世界,一生相思为一人。"
>
> ——宋芳《轻风物语》

以前,随着父亲,坐在安河边,看水流,微澜,觉着无趣,闹着要走。

父亲说,表面看,水波不兴,实则,静水流深。

从那时起,我印象中有了一个"静水流深"的词语,但不知其意,稀里糊涂的,直到有次才大致感悟到一点其中的意思。

我在县城单位时,一天下班,我骑着单车,去三里路外的镇上闲游,慢悠悠,一点也不着急。看到我同事在凤中路上蹲着,全神贯注,我好奇,将车子支架撑在地上,我也跟着围了过去。

两人下棋,其余人围观。同事眼观六路,见对方欲将军,按捺不住,立刻伸手去替人走棋，结果被对方狠狠瞪了一眼，他，尴尬，脸红，勉强把棋子放下，手便缩回。

一会儿，他又如法炮制，这次，对方直接扔出一句：观棋不语！

他蒙了，窘迫不已，站在原地不动。几分钟后，他又管不住自己的手，想伸手去走棋。当时，人家也急眼，但碍于他是老师的面子，送他四个字——静水流深。

心，静水流深？

我站在一侧，想着，看着眼前的情景，联系静水流深的意思。这个文绉绉的词语，听起来很有安静感，还有一种深沉。于是，我记住了"静水流深"这个词语。

因为喜欢在文海中畅游，结识了袁老师，他已退休，组织了一个民间交谊舞群，将我也拉了进去。在群里，又与一位名叫"静水流深"的姐姐邂逅。

我对这个词语很好奇，也很关注。看她在舞池里翩翩起舞，尽管换了舞伴，照常舞动。哦，原来她胸有成竹，原来这就是静水流深！

做人低调，遇事，表面平静，实则已经有了大智慧。这就是——静水流深。

大抵是因了对"静水流深"用心专一的缘故吧，竟学做低调人，多了几分文静，几分柔美，几分含蓄。

静水流深，是一种态度，是一种胸怀，是一种气度，是一种境界。不可忽视，不可怠慢。

以前，遇到学生打架或者发生误会，我定会焦急万分，不知从何处着手处理。后来，因喜"静水流深"这个词语，喜欢着，学习着，就慢慢有了静水流深的气质，遇事，不再慌张。

这种淡定、从容还可以传递给人，一对人，一群人，一个团队的人，都懂得静水流深，内心自会安宁。

曾有人云：真正的安宁来自沉静自足的专注，真正的修养在于不显山露水的品格，远离浮躁，自我的造诣才能流深。

一个人最好的拥有，莫过于静水流深。

以静水流深之心与这个世界相处，与他人相处，与自己相处。

无言中气质尽显，情境中欢喜自生。

每一株草，也能开成花的模样

高考在即，教室里的学生，心态各异：担心、害怕、淡定、坦然……

我没有理由，让学生不产生这样或那样的心理，可我又不愿看到他们有如此复杂的心理，甚至不安，老实说，有些于心不忍，甚至，有点难过。

语文课后，正逢半小时的大课间，我让他们休息，下楼。我跟在他们身后。

到了教学楼下，我找了一处草坪，唤他们过来，一起看花，看草。

形似狗尾巴的草，叶子狭长，一尺有余，向两边垂下，不失本有的绿色，长得有模有样，但，几片长叶之间夹着一枝花，颜色不抢眼，土灰，比一旁的水泥地颜色稍深点。平时，几乎被人忽略，甚至讨厌。

我让学生站在这里细察，看各自都能收获什么。

一分钟，两分钟……五分钟过去了，学生的答案各异。

——警醒世人，切勿做墙头草。

——绿叶仍绿，枯花依旧。

——不被人待见的草，依然茁壮生长。

——石缝里的生命力。

我顺手侍弄了一下眼前的草，那中间伸出来的长茎干上的花，如尾巴，在晃动的同时，掉下一两颗小粒，我顺手捡起，递给身旁的一位女生。

她放在手中，用嘴巴轻轻吹了一下，竟然起了变化。动了，动了，女生惊呼。

我问她：花，有规定的模样吗？

她答：没有。

旁边另外一个女生，像是恍然大悟：原来这也是花啊！

是的，花和草，有时就是相依相偎的。

上花市去买花，结果捧回来的是一株满是绿叶的花；有时见它就是一丛绿叶，却开出了幸运花——四叶草的花。

面前的这株草，散落在乡间、土壤、地缝里，不是少数，开出的花，如干花。

干花也是花。

我们每个人可能都是一株草，很可能是一株不起眼的草，随地都是，多得被人遗忘。但，不可否认，它依然存在。

它会努力生长，到了花开的时候，尽情绽放出自己的美丽。不求路人赞赏，只愿自己精彩。

我趁势引导学生，这些花，努力开成花的模样，开放成自己想要的模样。你能将草和花分开吗？

回答我的是——不能！

赏花，赏草，到此，算是点到为止了。

一个人，欣赏自己很重要。

毕淑敏在《我很重要》里说，"我们每个人都应该有勇气这样说，我们的地位可能很卑微，我们的身份可能很渺小，但这丝毫不意味着我们不重要。"

草有草的繁芜，花有花的世界。

花，可以在阳光下旁若无人地舞动，裙角飞扬；草，照样可以在风中摇曳多姿的身影，风姿绰绰。

花，可以不耀眼；草，可以不碧绿。但，谁也不可剥夺它们的自由与精彩！

花，不贬低身下的叶；叶，不仰慕头顶的花。花和草，却平静、和睦地在四季中流转。

花，听叶干枯的撕心裂肺，倍觉惋惜；草，听花碾落成泥的彻头彻尾，不忍直视。

花是草，草亦是花。花花草草，就是一个共有的世界。

毕淑敏还说，灵魂的快意同器官的舒适像一对孪生兄弟，时而相傍相依，时而南辕北辙。我想说，花和草更像一对精彩无限的兄妹。

草，可以长成乔木；花，可以驱散草的单调和寂寞，织成林间或草坪的彩裙或锦袍。

学生们互看，对视一笑。

有人说，愿我们这些草，也能开成花的模样。

我点点头，扩充了刚才的那句话：每一株草，也能开成花的模样。

偷得浮生一日闲

又逢周末，欣喜，我的时间我做主。约好友，三四人，小聚。

特意选了具有江南风格的小馆，几位姐妹都钟情于水墨之乡的温婉、含蓄、内敛。

英姐，一袭粉色方格子旗袍，极显身材、气质，仿若民国女子，款款而来，一步，一典雅，一停，一风致，似流水，又像云烟。

敏姐也来了，着一件优雅红的中式长裙，进门时，恰与一阵微风相遇，衣袂飞扬，不紧不慢，幅度刚刚好，风景哪里寻，无须远游，她已是。

盼，是妹妹，两个孩子的宝妈，却依旧小清新，一见，悄悄和我对比，感觉时光从不掺假，心里暗自说：年轻就是好。

小酌怡情。四位姐妹相见欢，手里举起高脚杯，互相问候和祝福。透明的杯，殷红的酒，因手动而晃悠，不问东西，只顾尽兴。

平日里，因工作，不得已，把自己适当的隐藏，而此时，我们无须"真话大冒险"，只管依心即可。

多少女人心里曾住着一个江南梦，身处北方小城，离江南甚远，但，心里若有，又如比邻。餐后，盼妹妹回家陪孩子。我们三人回到我家，品茗，试穿旗袍，聊天，女人最风情的日子，大致就在与姐妹们相聚时。

不同风味的旗袍，体现不同韵味，民国文艺风、日常典雅款，使与我们相伴的日子，更有质感，我喜欢这样的生活，有温情，有厚度。

时间，有时真的很无情。两个多小时，一晃而过，全然不知。既然拽不住时间的尾巴，那就继续偷得浮生一日闲。

我换上白色文艺裙，尤其喜欢那素白与红玉兰花的邂逅，简单而不简约，素雅而不低沉。与两位姐姐一同下楼，走过河堤，走上廊桥，拾级而上，三楼，与书吧相见。

进了书吧，里面的气氛，果真舒服，绿萝、书籍、圈椅、围棋、宣纸……站在厅内，环视，立刻有一种力量吸引，且渐次渐浓，令人双足难动。窗外，是一个喧闹的世界；窗内，却是一个书香世界。

敏姐因有事，没能与我们同来，不知她心中是否留有遗憾。我和英姐，喜欢雅间里的陈设，颇有书香气，一只小瓶，浅蓝色，一枝鹅黄小花，富有生机，顿感房间里多了几分淡淡的禅意。坐高背椅里，手捧茶盏，闻茶香，思绪翩翩飞……

墙上，装裱的书法《沁园春·雪》，与一幅装裱的画作呼应，更让我们喜欢驻足于此。东侧，是超厚的玻璃墙，透过去，凤凰湖里碧波荡漾，清晰无比。想着，若在夜幕降临时，雅间内外，二重天。

即使不舍，又能奈何。我们还是回到了大厅，坐在小圆桌前，取来草编小筐，揭掉盖子，拿出棋盘，摆上黑白子，下起了围棋。英姐一点一点地教我，引我入门。

琴棋书画，如同手足。曾几何时，去兴平莺儿姐姐家，典型的中式风格，文人八大雅事，皆有体现，令我羡慕不已。

人生步步为营，几乎是通式。然，在这里，下围棋，只为一种心境。居于小城，不及城市喧嚣，但也热闹，难得在小城一隅，觅得如此雅静的来处，正合我意。

眼看下午六点，猜想霞姐该从市区回来了，又邀约了她。三人，坐在木扶手的软沙发里，嗅闻浓郁的咖啡豆散发出来的香气，或许，是从遥远的异域而来，或许是我们心与心碰撞，简化而成。不问出身。添上一盘半梅，淡淡的橘红，与水晶盘子相伴；一碟香蕉片，浓缩了汁液，不再柔软，却很甜香，照样也是躺在净白的水晶盘里。底下的茶几，用一张古色棉麻桌布罩着，碟子、桌布，浅色、深色，搭配格外舒服。身边的墙上有喷绘，江南风情，白雾氤氲，山水迷离，一种朦胧美，从画作里缓缓流淌，流淌……

　　在正确的时候，遇见了对的人，这就是神交。三姐妹，聊得欢。

　　偶然发现，我们都把红尘里的琐碎，一同绾进发髻，静心做书香女子。

　　霞姐说，今生，唯有走路和读书不负我们。我信，我赞同。

　　英姐当年亦是文青，在文字中走过多年，至今，依然不离不弃。聆听她说话，感觉很有书香气息。

　　夜晚，窗外的喷泉音乐响起，我们浑然不知。眼睛一瞥的刹那，发现时针即将指向十，看来，时间的确不早了，三人决定离开书吧。

　　恰好我们顺路，继续聊。

　　回家，我坐在灯下，又在回味今天的生活，感觉像是童话里的故事。之前，我可能更多地希望在文字里遇见对的人，不承想，今天真的遇到了。

　　唐代诗人李涉曾说"终日昏昏醉梦间，忽闻春尽强登山。因过竹院逢僧话，偷得浮生半日闲"。李涉才享受了半日，然而，上苍赐予我厚福，与姐妹们度过一日，极好，甚欢！

　　剪一段时光，留一缕温暖。翰墨、茗茶、花香，渐次展开，馥郁，芬芳，只因遇见了美好。

　　往昔，不曾拥有如此惬意和精致的生活，今日，心灵却很丰盈。

　　每一次的遇见，每一回的相聚，皆是灵魂深处的静美！

　　若时光不负美意，我愿常有姐妹的相逢。

煮一杯心茶，滋养如诗的光阴

晨起，暮归，已然是多数人的生活规律。因而，常听有人抱怨，世人太过于浮躁，不可深交。倘若能够坐下来，煮一壶茶，将缱绻红尘里的烦恼、无奈，统统煮沸，陨灭，还一个清净的世界，给自己。可好？

心，若乱，世界炎凉；茶，若香，四季温暖。

农历四月，一个周五，我下班后，没有直接回县城，去了朋友那里品茗。土黄色的双壶装满了茶水，他手持壶把，给我面前的玻璃杯里斟满清茶，然后给自己添上。两只茶杯，一把茶壶，站立在檀香茶海上，很有古香调。

朋友的小馆设在嘉陵江畔，门对豆积山。山上有千年古刹——消灾寺，庙里的和尚敲木鱼、诵经声随着清风飘来，飘进耳膜，飘进茶中，陡然，有一种淡淡的禅味弥漫在空气里，只有用心，才能感受得到。

朋友的小馆里，摆放着各种石头，我每次去了总会游走在石头架子跟前，喜欢与它对视，即便很短暂，亦能感受到它的心语。之后，再回到茶海旁核桃木木墩上坐下，重新品茗，这时候，感觉心比先前安静了许多。

今天，此时，我的心绪活跃起来了，顺手揭开茶壶，见里面的茶叶或浮或沉，但依旧保持在水中悠悠然的姿态，不急不躁，异常安静。

朋友讲起了自己的故事，一生当中，幸福和磨难皆有。那些年，他的工作性质决定了常下乡，孩子的一些事情，就只能交给母亲代办，然而，有时，患病的母亲也无能为力。孩子的学习，她无法辅导，只能管孩子吃饱穿暖。那会儿，电话极其少，所以与孩子晚上沟通也不便。他内心彷徨，纠结，只好煮一壶茶，让自己安静下来。

日子久了，他就更喜欢品茗、赏茶、悟茶，渐渐明白了人生之中，难免会有浮浮沉沉，而只有自己方可主宰命运。

后来，他的家里出了变故，独自扛起家庭重担，照顾母亲、儿子，还要工作，为了生活能有起色，他做出了一个石破天惊的决定——下海。

背井离乡，独自漂泊，一天天的日子，却觉得越发漫长，他想起随身带的茶叶，又是煮茶，煮光阴。壶嘴里的氤氲，如倒流香，袅袅绕绕，丝丝缕缕，吞了他的思念，他的牵挂，他的孤寂。茶，成了他在南方的岁月里的伴侣。

回家，却发现下海赚回来的钱，都付诸东流，自己最信任的人，竟然令他失望。心里特别不是滋味，他理解，他包容，将心中的不快，煮进茶壶，然后，倒出一盏来，送到唇边，抿一口，苦啊，怪不得叫"工夫茶"。

没有吞咽人生之苦的功夫，又何以看淡人生沉浮？

他给我讲着和茶的过往，手里拿着茶壶，仍不忘给我和他的茶杯里续茶。他接着说，回眸自己身后走过的路，真的感觉岁月如歌、如戏，光阴如诗、如小说。

这时，门外淅淅沥沥下起了小雨，不紧不慢，轻悠悠地下着，下着。我曾经希望在嘉陵江畔逢着一场雨，无须急骤，只要有那种"斜风细雨不须归"的意境，就心满意足了。然而，总因忙，又因下雨时，我却与嘉陵江擦肩而过。

今天，听雨，品茗，赏景，听故事，日子一下子变得丰盈许多，有了诗意。门外江里的芦苇疯长，葱葱郁郁，几只白鹤掠过，匆忙的身影，大抵是逃离对雨的恐惧吧！

他举着茶杯说，你看雨中鹤，杯中茶，各有一种心境。倘若我们能够在合适的时间里扮演好自己的角色，任凭风雨来袭，任凭沉沉浮浮，都能保持得之坦然，失之淡然的从容。

这一番话，令我茅塞顿开。原来，他常给自己煮一壶心茶，静看如歌的岁月里的每天、每个人、每件事，这些积攒起来都是一首诗歌，永远唱不够的歌曲。

要想内心宁静，在红尘的缝隙里，依然能像茶叶一般，保持自己独有的姿态，沉沉浮浮，浓淡相宜，皆能成为滋养光阴的佳品。

煮一杯茶，养心，养光阴，行走在灵魂滋养的路上，每一步都是垫脚石，一步，一步，终归能成为心中的美好！

外婆村

一个脚印是笑语一串消磨许多时光
直到夜色吞没我俩在回家的路上
……

《外婆的澎湖湾》是多少年前兴起的歌曲，但凡有外婆的孩子，都会随着这首曲子，将记忆拉回外婆村，我亦是。

那是一个地图上浓缩成一个黑点的村子，名不见经传的小山村，外婆的村子，有我许多童年的故事。

外婆的村子，在十里店村，四组，何家台。那会儿，我十岁，去外婆家，必经十里公路，通常步行，再走上四五里山路，曲曲折折，大石头处，坑坑洼洼，一块块料僵石凸出地面许多，棱角分明，如獠牙，虎视眈眈，我的小脚走在上面，硌得疼，钻心的疼。心里却说，坚持一下，就几步，过去了，就可以走上坦途，就可以见到外婆。

外婆家门前不远处，有条山沟，沟里有潺潺溪流，唱出最甜美、最纯真的大自然之歌，就像外婆房后的泉水，甜啊！

从溪流两端的大块石头上踩过去,爬小山坡。漫山遍野的无名小花,在清风中摇曳多姿,浅笑嫣然,我像是听完天籁之声后的公主,开心、任性,必须采撷花朵。于是,我哼唱,即使南腔北调,也顺心、尽情,继而采花,黄、红、粉、紫,一时间,全成了我手中的宝,拿着花束,我信马由缰,大声呼喊,发疯发癫,笑得花儿更美,溪水更响,它们像是在配合我。

忽然,地上有一种小豆豆,比黄豆大,表面有许多小点点密布,我因与它初见,不知何物,一脸茫然。外婆笑笑,卖关子,我拽着她的衣襟,又撒娇,又央求,外婆脸上的笑容,宛若一朵花,花瓣越来越大,她这才告诉我这是"瓢"。

瓢,是一种野生水果,形似微小版的草莓,天然,环保。当时,我根本不知道草莓的模样,就学着外婆称其为瓢。

外婆连同它的茎叶掐断,递过来,我拿在手中细细端详起来,长长的茎干,叶子对生,外婆告诉我把顶端的果实,也就是瓢,摘下来,入口即食。我狐疑,这山里的东西,就直接往嘴里喂?

外婆给自己嘴里放了一颗,吃得很甜,很享受,我这才信了,也效仿了一次。甜,果真甜!

回来后,外婆给多半搪瓷缸子的瓢撒上白糖,浸泡十几分钟,让我品尝,哇,人间美味!

八月,到了外婆村,村里的人,大都认识我,喊着我的名,叫我一起去他们家吃饭、吃核桃。

外婆村口有一棵老核桃树,但它从不辜负村里人对它的期望,枝繁叶茂,硕果累累。青皮核桃,两个一对,相依相偎,藏在碧叶之间,满是诱惑。

我一个女孩家家的,敲核桃,可不是我的强项。村里的人,帮我拿竹竿敲核桃,然后去皮,帮我剥鲜核桃吃,油香油香的,喉咙里倍感润滑，让人不忍咽下，希望核桃仁能在喉咙里多停留些时间，唯恐一不留神，咽了下去。

傍晚，村里的人，拿着小板凳坐在核桃树下，或干手上活，或聊天，好热闹！

正月，初五，按照外婆村的习俗，扫"五穷"。看着扮相吓人的长须黑衣人，我躲在外婆卧房里，不敢出来，也不敢吱声。等到人家从厅堂走到院子里，拿着扫帚左扫右扫时，我悄悄趴在风吹烂的窗纸上，看稀奇，心里也在默默祈祷：千万别转身，别吓我。

我的童年，在外婆村的日子并不长，可至今依稀记得，欢乐、趣味，都有。

如今，外婆村有了水泥路，家家都种花椒，收入可观，一个偏僻的小山村，头上曾经少不了贴上"穷"的标签。我管不了那些，我只觉得外婆村让我开心，快乐，外婆村的人活得简单，活得真实，活得精彩！

外婆年纪大了，放羊，腿脚不灵活了，身体每况愈下，吃喝都很艰难。村里人，时常来陪外婆聊聊天，拉拉手，她脸上依然还有笑容。虽然眼角有许多褶子，一笑，就会挤到一起，密密匝匝，可在舅舅、舅母下地干活后，能有人陪她说话，驱赶孤寂，她都感到温暖、幸福，会由衷地笑，宛若一朵灿烂的花，一点一点，在她的脸上尽情绽放，即使已至日薄西山，外婆照样也要笑，笑得精彩纷呈。

人，走着，走着，就散了；她，笑着，笑着，就没了。外婆去另一个世界已三年，外婆村的老人越来越少，许多年轻人彼此都不认识。村口的那棵老核桃树，树干斑驳，流年里的美好与清欢，全部镌刻于此，我手摸树干，满是沟壑，宛若外婆的脸，偶尔会碰到一个硬疙瘩，如同老茧，仿若外婆的手。而这一切，只能成为我的念想，我的追忆。

每每看到街道卖瓢的人，我情不自禁地多看一眼，希望能遇到外婆村的人。

儿子前天打电话，要吃山里核桃，我又去外婆村找核桃，只因念想！

我写完这篇《外婆村》，又打开歌曲《外婆的澎湖湾》，听了起来。

夜，深了，静得连一根针掉在地上，都听得十分清楚，可我的思绪依旧停留在瓢和核桃上，还有外婆村，久久不能平静，想啊，念啊……

外婆村里的瓢，几乎遁迹，老核桃树依旧守在村口，村子里的新砖房不少，人口却少了许多，出村上学、工作、落户别处，也不少。一米五宽的水泥路，直通外婆村。然而，外婆如瓢的花儿，虽凋零，却开在了我的日子里。外婆村的故事，我的童年，却一直萦绕在我的心头，一圈，一年；又一圈，又一年！

何时，能在外婆村看到瓢的花，漫山遍野，开啊，一直开到天边；摇啊，摇到梦里……

第五辑　沉韵荷塘不思归

在柞水，遇见最美的自己

柞水，一个藏匿在深山里的小城。初次踏入，心中有一种感觉暗涌、升腾，异常强烈。这种内心感受，来得那么急切、那么真实。忽有一想法，这个地方像是我最想来的地方，像是看到了最美、最真实的自己。

我不禁问自己："难道我在这里遇见了那个最初的自己？"

多少次出游，或远或近，已是经年故事了。如同那翻过的书页，只是经历了一个动作，看到的眸子里的是美景，还有别人。然，这次却不同。在柞水，遇见了最美的自己。

缘何最美，我静心凝思。

从呱呱落地就意味着已经降临到这个世界，没有选择，必须活下去。可是，只是简单的活，那也未免有些孱弱，那就再递进一个层次，好好地活。然而，好好地活，又是什么样子呢？

我们在追求好好活的时候，往往活在别人的眼眸中、口中，常常被物欲、权力、名誉、金钱等缠绕，心尘渐增，更加迷茫，以致迷失了方向，丢失了自己。悲哀的是，抑或有一天，都忘记自己的模样了，喟叹：

"人生若如初见，该有多好！"

在我们追求好好活的同时，又有多少次想着是要按照自己的意愿去活，活出自己最美、最可心的样子来。

幸运降临于我，在柞水，我呼吸着这里清新无比的空气，欣赏着纯净如初的路旁景色，聆听着宛若百灵之语的当地方言，心头再次颤动。哦，原来这就是我内心最喜欢的感觉！

在这里，我就像一位演完话剧的演员，卸掉所有的舞台妆，做回自己，非常真实。不顾红尘之纷繁和喧闹，只顾珍惜这次最美的遇见。

走在去柞水溶洞的路上，见到古朴的特色小楼，沉浸在宁静当中，让我这位"临时造访"的客人，也不得不放慢步履，轻轻走过，恐惊居住在这里的人。

令我诧异的是，这里的人，脸上怎么会有那么多的微笑。一种不夹杂任何俗套的微笑。面对那一张张笑脸，也递上一个安静的微笑。彼此之间没有太多的语言交流，微笑足以让我知道自己还是一个有着纯净灵魂的人。

一个人的灵魂没地方安放，这是何其悲哀的一件事。好似漂泊在水上的落叶，漫无目的，在哪里起步，又在哪里落脚，无法预知，又怎能安心？

下车，走在通往溶洞的林间石阶上，感受蓝天白云下的清新自然，或远眺，或俯瞰，或仰视，总让我处于兴奋状态。原来，在大自然中，我才能找回原有的活力和灵气。曾经的我是"弱不禁风"，攀登高峰会让我力不从心、胆战心惊。这次，却与往日大相径庭，穿着坡跟鞋，顺利爬过近千级石阶，站在制高点欣赏眼前风景，忽觉自己很美，在柞水，我看到了最美的自己。

在溶洞里，我被鬼斧神工的石钟乳、石笋所折服，它们造型各异、参差不齐、错落有致，令我产生了许多想象空间。美，在善者眼中会被放大。我算不上什么大善人，但是真善之心还是有的。

　　在这里，我遇到了最美的自己。我完全被超乎想象的溶洞美景深深地吸引了，放下俗事，安安静静地感受着溶洞文化的奇特魅力。在这里，亲近如此壮观的奇景，荡涤心灵上的浮尘，还自己一份真实，一份淡定和从容。

　　许久都没有和自己的内心来一次会面了，更别说聆听它的独白了。到了我这个年龄，遵从内心的呼唤，成了首要需求。不愿在别人面前把自己装扮成一副衣着光鲜、内心强大的样子。

　　或许，在经过许许多多的往事后，忽然觉得自己的心太累了，不愿再追名逐利，放慢脚步，甚至停下来，安静地去思考、去内省，寻觅那失踪多年的自己。那一刻的幡然反省，那一刻的蓦然发现，才是真正的自己，最美的自己！

　　柞水林间不知名的鸟儿清脆地鸣叫了几声，眺望远山，葱翠青绿，朵朵白云慢悠悠地飘过。山下，白玉石桥栏杆刻着的诗词，依然在经年里吟唱，轻摇着过往行人的心梦……这里的风景依旧，然而，我的心境却豁然开朗，心门洞开，已然重生。如同那只从秦岭穿越而过的快乐小鸟儿，展开飞翔的翅膀，享受溪水潺潺，静听花开花落，带着最美的自己，带着最安静的灵魂，飞向自己内心最纯真的地方！

沉醉荷韵不思归

羡慕许久，终于伫立在被誉为"百里画廊"的眉县，见到千亩荷塘。

塘中的荷花精神很足，有娉婷袅袅，如汉唐盛世的大家闺秀，身姿曼妙又不失优雅之韵味，尽显典雅之姣好；有妩媚含羞，如沉落人间的小家碧玉，姿态温婉，颔首曲颈，惹人顿生爱怜之心。

且不论面前的荷花属于哪一种类型，单就这规模、这气势，早已醉倒了我，迈不动步伐了。

我怔住了，站在原地，伸长脖颈，做了几个深呼吸，像是要把这弥漫在黄昏里的荷香，统统吸入我的鼻腔、我的每一个细胞中……

不知是不是夏风最解风情、最懂我心，它缓缓拂过我双鬓的发梢、我的裙袂，优雅地划过一个个漂亮的弧线，倏尔大，倏尔小，好似跳动在琴弦上的音符，有高有低，有长有短，有张有弛，富有节奏美、韵律美，那种随心随意的惬意，让我想起了西双版纳雨林里的一对小姐妹宛姐和林姐，她们光着脚丫，乘着季风，随地随兴翩翩起舞……

眉县千亩荷塘赏荷之地，临水而建，既能赏荷，又能避暑，或者采莲蓬、摘莲子，暑中作乐，优哉乐哉！

一方一净土，一笑一尘缘。今日和荷花有缘相遇，目光所及之处，各色的荷花，在轻柔的风中摇曳着，互相推搡，多了几分顽皮，多了几分恬适，不经意间，有一浪推着一浪的流态。看惯了翻滚的麦浪，今天有幸见到荷浪层叠，宛若圈圈涟漪，美不胜收，令人心颤。

禁不住荷浪美景的来袭，断然决定，使出浑身力气，迈开双足，步入荷塘中央的木板小径，但必须穿过一段木质走廊，眼前的一副对联却引起了我的兴趣："蓬中有子兹心济世，腹中无泥大德泽人。"

荷花，又名芙蓉、菡萏，周敦颐赞其曰："出淤泥而不染，濯清涟而不妖。"正因为如此，许多谦谦君子都喜欢荷花高洁之品行。

我继续漫步在木板小径上，两侧荷花颜色不尽相同，白和粉红，风格迥异，又格外抢眼。"荷叶罗裙一色裁，芙蓉向脸两边开"在这荷塘中都兑现了。

先说粉色荷花吧，它绝不是在炫耀，也绝不是在招摇。看那一朵朵粉色荷花，挨着花朵底部的色彩偏红，花瓣顶端渐渐变白，两种颜色不是截然分开的，而是呈渐变状态。色彩显得异常自然、水灵，在碧叶的映衬下，越发显得有韵味。无论是开着的，还是袅娜地打着朵的，都那么迷人，那么醉心。

转眼看看毗邻荷塘里的白色荷花，高出水面一尺多高的叶茎上长着一朵素白的花儿，不受红尘烦扰之影响，活得洒脱，令我心生羡慕；不带半点其他颜色，干净得不容亵渎。

忽然，几声蛙鸣传来，让原本静谧的荷塘一下子不安静了，我赶紧低头拨开荷叶寻找青蛙。可是，只闻其声，未见其影。想曾经，教科书里青蛙为何能稳坐在荷叶上的配图，对我来讲，一直是个谜，直到十年前，一次偶然的机会，我验证了荷叶平铺在水面的真实情况，才恍然大悟。今天，估计青蛙正藏在荷叶下吧？

朱自清先生是夜晚赏荷花，信笔写下脍炙人口的名篇《荷塘月色》，我没那笔力，但我今天也见到了一抹夕阳笼罩下的荷塘，那种若即若离的美，又好似飞到了天边，飞到了天宫。

忽见那边荷塘中停泊着一叶小舟，我不禁自语："这是在江南吗？"我疾步走近小舟。

原来是一叶木舟，一头有木板，可以站立，一边没有。中间有拱起来的船舱，小小的，勉强可坐两人，若想对饮，空间显得逼仄，有些为难。即便如此，站在小舟头上，以无垠荷花为背景，拍照留念的游人络绎不绝。我不知何时才能排上队，于是，我央求刚从船舱边拍照起身的女子，为我也拍了一两张。

等我拿着照片欣赏的时候，嘴角露出满意的微笑。这种静美，这种韵味，这种意境，曾让我向往憧憬许久，今天终于如愿以偿了。

带着满足感，我继续往前慢行，遇到了一个礼仪广场，见到书卷版本的《爱莲说》雕塑。几个孩童爬了上去，嬉戏，在他们身上我好像看到了我幼时调皮的样子。

柔风吹过，一阵清香入鼻来，沁入心扉。迈着碎步，我慢慢向靠近草坡的荷塘水边走去。

只见地面有几近干枯的荷花瓣在随风飞动，我躬身小心翼翼地捡起了几瓣，凑近鼻翼嗅闻，还残留着淡淡的荷香，这让我深感庆幸。带着它准备回家风干，拿来做书签，亦是不错的选择。

荷香、荷叶、荷浪，无不在诠释着它的品行之范、韵味之佳，远观、近看、俯视、平视，百看不厌，皆因喜爱。

丝丝晚风扑面来，缕缕荷韵入心中。或许，每个人心中都有一朵素净的荷花。想想如今，多少女子，因喜爱荷花，在自己的名字里面总含有"荷"或"莲"字，借喻美好高洁的品行。

人，这一生，无论怎么走过，都是一种经历，倘若能拥有荷花的品质，行走于世，于人于己，皆大有裨益。端正自己品行，提高自身修养。心如荷花，洁身自好，自然、从容、淡雅，实属君子也！

　　驻足凝神望着千亩荷塘里的荷花，流连忘返不思归。究其原因，是已经沉醉于荷韵中，每个细胞已被荷香染就了。此刻，我仿佛幻化成一位荷花仙子，正和满池的荷花卿卿我我、诉说衷肠……

消灾寺，祈福平安

消灾寺在凤州村北门，自唐朝而来，走过了千余个春秋，仍坐落在豆积山，香火鼎盛。

唐代，唐玄宗李隆基因安禄山而欲逃往蜀中，路经凤州，躲在当时的萧台寺内。寺庙东侧的猴石父子，敬酒，为玄宗解渴。半夜，父子俩给唐玄宗托梦，暗示他，若要平乱，需郭子仪辅助。于是，玄宗去萧台寺上香祈福。次年九月，郭子仪平乱获胜，腊月，玄宗起身回京，第二年正月，又经凤州，去萧台寺还愿，称其灵验，随后，便赐名"消灾寺"，至今。

消灾，即为祈福。善男信女，双手恭敬地奉上檀香，虔诚跪地，许愿，祈福。

寺庙，佛家所属。以慈悲为怀。广场上矗立着一尊观音菩萨铜像，异常高大，前来跪拜的善男信女，必先在此叩首作揖。

走上祈福桥，看到一条红毯，由南向北贯通。一步一摇，一步一动。哪个人，不是一步一步行走，哪个人行走不是靠左右两只脚替换，又怎会不摇不动？

　　桥上，有一亭子，东南、西南两边都有供香客休息的条凳，可倚栏凭眺，顿悟，神游。西有芦苇，不由得想起《诗经》里那句"蒹葭苍苍，在水一方"，很应景；东有父子峪，那一对受萧台寺感化的猴石父子，依然紧紧偎依，西望。

　　早上，便可听到寺内钟声浑厚，回响在凤州村上空。若时光倒流，定能听到老人说的"萧寺晨钟"。

　　走上祈福桥，才一半，即可看到"真善美、福禄寿"六个大字，这不是一一对应的吗？慈悲为先，走过人生每一步，自会厚德载物。

　　"天将降大任于斯人也，必先苦其心志，劳其筋骨，饿其体肤。"爬上二百个直跑台阶，才可初步证明你的虔诚和心志。

　　东拐，路上见到翠竹丛丛，风来叶动，清音几许，顺道前行，去消灾寺大殿。里面跪拜用的垫子上，有人在祈福。我一般不进寺庙，站在门外深深对望。佛，居坐高处，警醒世人，拥有一颗善心，至高无上。

　　殿后有一四方小院，是寺庙方丈、住持、各类僧人生活场所。大殿西南有一走廊，雕梁画栋，工笔很有特色，婉约、内敛、流畅。祥云、白莲，自带禅意。伫立在院内，凝视许久，心中不禁暗自钦佩工匠技艺之精湛。后来听人说，当年绘画此作品的人，是非遗传承人，不由得感到可喜。

　　殿内供奉的所有菩萨，虽各有分工，但核心皆是劝善、向善。

　　人若向善、求善，上苍自会天降祥瑞，福多祸少，这不正是人们心中所愿？

　　这个世界，人与人相识相知，就是广交善友，积攒福报。帮人如帮己，救人于水火之中，不求人能感恩戴德，只愿自己积累善行，"神明自得"的思想自然就具备了。

　　今生，不论你是帝王将相，还是寻常百姓，终究希望平安一生。故，消除灾祸，避开邪恶，心自安！

长寿，不设防

好几次都说去红花铺的长寿村看看，可没能如愿，终于能钻时间的空子，去一趟长寿村。

我从省道南钻隧洞进去，便是长寿村。一溜青竹，截断，断面是椭圆，一边高，一边低，活像一根根管子，管壁不厚，里面的空心圆面积很大，约占整个圆的四分之三，内壁的竹本色清晰可见。用它们围成一个长方形，算是栅栏，可作安全带，可增加美感。

最主要的是，栅栏围成的水塘，清水潺潺，在落差不是很大的石头上流过，像一含羞女子在低吟，"那一低头的温柔"，质朴、温馨的氛围，我喜欢。

一点一点，往里走，绕过村里的小径，直抵亭子。坐下，感受清风撩衣袂、吻发梢的闲适。忽见，一老人，坐在亭子南侧，很坦然，像是纯粹享受春夏之交的美好。

我走上前去，询问老人高寿。她给我竖起一根手指，我讶异，不语，数秒后，我试探着问她百岁吗？她笑笑，又伸出四根手指来，一百四十岁？不可能，绝对不可能，我在心里不止一次地对自己说。

其实，她想告诉我的是一百〇四岁。这个数字，和她的身体外在特征及脸上的气色很不相符，我不知该如何表达我内心的惊恐。

问及长寿秘方，她又笑了。说哪有什么秘方，就是随心随性。可我还是不信，刨根问底。她很淡定，不慌不忙，告诉我，心放宽，吃自家菜，早晚出来呼吸新鲜空气，生活必须规律。我想她这么超脱，肯定属于那种不操心的人。

她讲完关于过去的故事，彻底否定了我的猜测，我有些羞愧。

每天早上六点半起床，开门，扫院子，顺道呼吸清晨第一口新鲜空气，里面混有雨露的湿润、泥土的芬芳、花儿的清香……她觉得每一天都是不重复的，新的，一天的美好，就从打开门窗的那一刻开始。

然后在扫落叶和清扫前一日残留于院子的尘土时，扫把发出的"簌簌"声，成了小院里的第一支歌曲，带着自创的旋律，开启干净的生活模式。

到老井，汲水，搅动辘轳，一下，又一下，一圈，又一圈，慢慢把木桶从水井里拉上来。在那个间隙，欣赏老井内壁一点点青苔，爬满石缝，潮湿的空气，让它更显水润。

日子渐渐好了，开渠，引水，灌溉，菜园里，一畦畦韭菜，一行行西红柿，一架架黄瓜和豆角，在季节里疯长，装扮整个菜园和她的心情。看着微黄的花儿峭立，她偶尔也摘上一朵，两朵，别在发间，自赏，觉得美极了，哼上一支小曲，甜美快乐的声腔，随着风儿，飞转，飘飞，跃上云头，飞呀飞，便出了园子，出了村子，出了心窝窝……

气候原因，这里适合种植蔬菜，用上地膜，蔬菜长得没说的。因距离市区较近，翻过秦岭，便直达菜市场。

城里人喜欢无公害、绿色蔬菜，长寿村名气渐增，这里的菜送过去，一抢而空。她也看重找个机会，号召家人一起种菜，自己干不动了，但照常去欣赏地里的风景。

　　看着，忆着，心情无比美丽。就这样，她把每天的晨阳和落日，当作蔬菜生长的最佳肥料；将春雨和冬雪视为不可或缺的水分。所以，看着各色蔬菜在每个季节里长成比《边城》里的翠翠还结实的模样，她很满足，逢人就夸。

　　水，净；菜，安全；粮食，健康。

　　追求自然，成了她的首选。不以物喜，不以己悲，量力而行，作息规律。简简单单地生，顺心顺意地活，岁月在她生命的年轮里格外美好和绵长。

　　她说喜欢看水中的太阳和山边的夕阳，象征着年轻和日渐老去。习惯了这些，自会练就宠辱不惊、淡然处之、从容不迫的性格。

　　慢慢地，走过一百〇四个春夏秋冬，却像耄耋老人。

　　走出亭子，见老核桃树枝繁叶茂，铺天盖地。想起了她说的看着儿子、孙子开枝散叶，也是幸福的密码。路两旁地里的野菜、野花，依旧在风中笑，那么开心，那么灿烂。

　　长寿，不设防。只要愿意进来，就永远不会在门外徘徊。

那年，在街子古镇

暑假把自己关在楼上码字，激情满满，心想着定能胜利突围，然而事与愿违，还是困在了"瓶颈"中，几次易稿终究不满意，最后在手机微信上查到了上北京、下成都都有火车票，想着去年到过成都，蛮好的，今年索性再去一回。

一场说走就走的旅行就这样开始了。

今年不在成都市里转悠了，去都江堰看看李冰父子的水利杰作，然后去青城山赏自然风光，最后目的地到街子古镇。

在离都江堰市不远的地方有个街子古镇，我事先百度了旅游攻略，便乘公交前往。

街子古镇，五代时名为"横渠镇"，因横于味江河畔而得名，它位于成都崇州，在崇州城西北二十五公里的凤栖山下，与青城后山连接，青山绵亘，层峦叠嶂。这里有以晋代古刹光严禅院为中心的多座寺庙等古迹。

一个西南小镇，与灵秀山水相融合，房屋古朴、雅静、小巧，低瓦檐、木门板、青石街，保持着亘古千年的清雅与纯净，与别处高大上的建筑物迥然不同，或许与四川人心灵手巧有关。

漫步在街道，我边走边看着街道旁的两溜店铺，一块块招牌典雅，字字都渗透着深厚的文化积淀，让人感到别样的古雅清宁。

街子的得名，源于元末明初的兵伐扰攘，至万历四十二年，这里已是百业凋敝，昔日繁华的古镇只剩下味江边上的河街子一条街了，从那时起，这里便被叫作"街子场"。现在的街子让游客驻足流连的依然是这条长约百米的老街，从明末清初历经沧桑保留下来的古老民居和居住在这里的淳朴温厚的街子人。

原来的茶马古道也途经这里。带着敬慕的心情，步入了一个纪念馆，仿佛看到了当年茶马互市的盛况，一匹匹彪马背部两侧驮着重物，不用猜，肯定是茶叶了。

馆内一茶铺上悬着"裕国兴家"金字匾额，几个背夫用强壮的脊背肩负着茶叶包靠在门外休息。看着这块匾额，我不由得肃然起敬，这不正是祖辈留给我们的精神财富吗？

街道中间的一溜青铜雕塑，看起来非常具有市井气息，生活百态尽在其中。

街道的一端是廊桥，桥上悬挂着的红灯笼在清风中微动着，桥下味江水花如雪卷浪迭起，莫非是诗人唐求写完诗歌后信手将纸捻成团装在葫芦里投进味江，顺意而去，流过五代十国、明清，到了今天？两侧碧绿的无名小草特别水润，一红，一白，一绿，将古时的清宁与当今的明艳有机地融合在一起，是那么和谐，那么养眼。

顺江而走，各种筏子、船只在水上来来回回运行着，水面上便多了灵动感；江堤上，当地人卖莲蓬和一些小物件，在喧哗嘈杂的时下，生活在街子古镇的人依然过得那么简单、那么质朴。

沿江堤而行，各式民宿汹涌而来，不管风格有何不同，都流露出一种慢生活的情调，仿若"世外桃源"。我将目光和双足留在这里，许久，许久……

进入步行街,恍若去了明清时期的街市,中国风的衣服、老布鞋、手工作坊占多数。走着,走着,就觉得时光不老,我的心也不老。怪不得当年唐求、陆游等诗人均来过街子古镇仙居。

脚下的步子总是很快,走到字库塔,不禁有些好奇。在其他地方也见过塔,但是没有这么细高的造型,走近细看,才发现此塔有它的来历:当年街子古镇的人讨厌把带字的纸张废弃,于是便想到了这个办法,将那些欲扔的有字纸张统统集中到这里焚烧,希望能以此警醒世人尊重文字、尊重文化。

因为独行,所以吃东西也随意,点了一碗抄手,很快就端了上来,明艳的红油,青翠的香菜,雪白的抄手,色香味俱全,我肚里的馋虫一下子被勾了出来。

或许是太过于迷恋碗中的美食,在取下遮阳帽和墨镜的一刹那,绿色中国风耳坠掉了一只,我竟浑然不觉,直到乘坐公交车返回都江堰的途中才发现,我急忙下了车小跑着到饭店里寻找。

好心的老板、服务员和我一起寻找,桌上、桌下,包括近半尺宽的木条凳下都找遍了,也未曾见到耳坠的影子。

就在我觉得十分遗憾的时候,一服务生眼睛很尖,在条凳与墙缝紧挨的地方找到了。我当时甭提有多兴奋了,一边口中连说"谢谢",一边拱手致谢。

出了街子古镇,我心中感慨颇多。这个地方不染半点浮尘,多少年过去了,街子古镇上的人,不管是外来的,还是本土的,都被这种纯净得不容亵渎世风所熏染,在物欲横流的今天显得弥足珍贵。

难怪"世界那么大,我想去看看"的顾少强不去别处,就愿定居在街子古镇。

我也想在这个世外桃源般的古镇安居,余生在此享受古朴宁静……

华阳，鸟来鸟飞山色中

很多时候的相遇和喜欢，只有开始，没有结束。就如同我来到洋县华阳古镇，第一眼就喜欢上了这里。

人说，华阳"一年有四季，十里不同天"。

别处的山也葱郁，山中也有飞鸟，然而有大规模的飞鸟，且是稀罕之鸟的却少之又少，而在华阳，让我的确颠覆了以前的认识：我自己本就生活在山城中，对他处的山无感。

查阅资料，华阳，始于秦晋，是历史上有名的古道驿站——傥骆古道。这里的建筑自有风格，古塔和古戏楼风格独特。然而，我最喜欢的是这里的朱鹮。

穿过弯弯曲曲、曲曲弯弯的水泥山路，将路旁的橙黄橙黄的茱萸花抛于身后，在停车场熄火，坐景区观光车去赏朱鹮。

来洋县，就必看鸟。我买票进去，要近距离见到传说中的朱鹮。华阳人爱鸟的心情，完全可以得到证实，"鹮田一分"，也就是说，每户人家的稻田，必须划出一分地来留给朱鹮，而且要让它四季湿润，冬要灌水，其余三季也不能耕种，呼吁大家给这一分田里投放泥鳅、鱼虾，供朱鹮觅食。

这里的朱鹮，经过三十七年的保护和繁衍，野生种群数量已达两千余只，"扑棱棱"朱鹮腾空，张开双翼，在空中鸣叫，声音听起来嘶哑，有一丝丝凄婉，羽毛雪白，丹顶，划过一道亮丽的弧线，我的视线也随着它飞来飞去，飞去飞来……

华阳古镇的山，不空。春日，这里温度较县城略低，但山体上分明已有绿意，这朱鹮的色彩，令人觉得冬已去，春来到，灰色的朱鹮、白色的朱鹮，长喙，飞翔时，露出猩红的翼下羽毛，更醒目，与地上的绿草，相得益彰，动静相生，这里的大山，立刻多了灵气和活力。

山，不单是座山。

鸟来鸟去，山，空灵。苍穹下，朱鹮的飞翔、鸣叫，向大山传出一种爱恋，仿若对话，异常温馨，异常浪漫，这边叫来，那边鸣，少顷，成双成对，翩翩飞。

我仰头，视线透过铁质围栏，随着朱鹮来来回回，一遍，一遍，再一遍，这个季节，我来得正是时候，我看到的也是最美的景象。

夜幕渐沉，朱鹮在空地上的草色里热闹翻飞，自然山水，风云依旧。天，还是那么蓝；水，还是那么清；山，却不再是一座山。华阳青山，在鸟来鸟飞山色中，把一个过客原本波澜不惊的心温暖，心湖，悄然荡起涟漪，山中青草，更青了，山中飞鸟，走了，又来了！

初遇青海湖

看了朋友的照片，觉得青海湖，去一趟，值！

这个想法在心里萌发后，便不安分，不分昼夜地搅动我的心，使我不得宁静。

暑假，带着儿子，一起锁定青海湖。

坐了十几个小时的火车，终于抵达青海，丝丝疲惫，已写在脸上，可对青海湖的向往有增无减。

当地人很热情，住在火车站附近的家庭宾馆，等候司机。一小时前，在青海火车站碰到的马师傅，他说，如果找到了拼车族，车满，就出发。

机缘巧合，与一对河南年轻夫妇相伴，四人，跟着马师傅这个民间导游，一起去看青海湖。

青海湖，又名"措温布"，藏语"青色的海"之意。第一次来这里，幽蓝的湖，水天一色，仿若蓝花开到了天边，一望无垠，与在家里的渴慕吻合，激情澎湃，不禁欢呼起来。

在汉中、安康，见过汉江；去过青岛，见过大海；住在家乡，见过凤凰湖。或碧绿如绸缎，或蔚蓝如天，或清白如透明，但都与青海湖的水迥异，浓酽酽，蓝色，厚得看不透，一口气吹下去，纹丝不动的感觉，令人不敢想象，莫非当年的西海龙王真的引来一百〇八条湖水，汇成这浩瀚的西海，从此，他——西海龙王就住在了这里？

漫步在青海湖畔，任半干半湿的风儿，撩拨我的发梢、丝巾、裙袂，放飞我的心情，驱散一路劳顿和疲惫。

青海湖，古称"西海"，又称"仙海"，中国最大的内陆湖、咸水湖。听说，这里冬季还举办以冰雕作品展示、冰上体育娱乐活动、传统民族体育竞赛、民族歌舞等内容为主的"青海湖冰雪风情节"，但在炎夏，只能靠想象了。

这个季节，青海湖温度不高，对于我这邻省女子而言，刚刚好。带着儿子去骑马，他坐在马背上，牧马人牵着马儿在湖边漫旅，儿子得意极了，脱下亚麻西服，卷在一起，搭在右肩上，白色暗花短袖与黑色大檐帽搭配，有点西部牛仔的范儿，我拿起手机不停地"咔擦，咔擦"，或者摁住摄像键不松手，录制一段视频，帮他留下一段开心、一段美好的日子。

之前，他不喜欢骑马，说臭臭的，难闻。这次，或许是成了小小男子汉，敢骑马了。难得信马由缰一回，这下兴奋得收不住口了。

又要去那边射箭，我陪同。在工作人员的指导下，他十发九中，脸上漾着一朵绽放到最大限度的花，惊艳无比！

唐蕃联姻，不知文成公主是否想到因自己的决绝，不忍在父亲赐给她的日月宝镜中看到日夜思念的长安城，顺手将宝镜抛出，一道金光，变成了今天的青海湖。

有水就有鸟，这里也如此。鸟岛，群鸟振翅，姿态翩然。数以万计的候鸟，迁徙至此，繁衍生息，成了青海湖的又一景观，壮美！

我们这次来青海湖，远观鸟群，何其壮观，人，在此，显得异常渺小，宛若金沙湾的沙粒。在金沙湾，沙粒堆积起来，如山丘，黄灿灿的，在阳光下，熠熠闪光，刺眼，戴着偏光镜，才能饱览金子般的光芒。

王洛宾先生在金银滩草原创作了经典名曲《在那桃花盛开的地方》，成就了拥有"西部歌王"的他。青海湖附近的藏族、回族、蒙古族、汉族皆喜欢王洛宾，情歌王子，对青海湖如此痴醉，迷恋，写下这么煽情的歌曲。当年，尼卓玛用鞭子拼命抽打他，可他依旧难舍青海湖，难舍金银滩。

茶卡盐湖，异常精美，天然盐场，颠覆了我对盐海固有的认识。那盐粒啊，时刻就在我的足下，忍与不忍，它都在那里。一座座盐雕，述说着青海湖的荣光和骄傲。

来到青海湖，我已和往日不同，脑子里什么构思，什么立意，统统暂停，只管用真空脑袋来盛下这里的美景，借机给心灵来一次彻底的荡涤，哪管人世间穷富，悄悄将曾经的俗念藏起。在青海湖，遇见最初的自己，甚好！

倘若还有机会，再来青海湖，定要与心灵来一场最纯净、最真实的对话！

金徽城，与你再见

二十年前，一次出差，去过位于陇南的金徽城——徽县。人称那里是塞上江南，只可惜，那年忙着办公差，尚未游玩，亦未体会出那种独特的况味。无巧不成书，这个周末去徽县和那边的作家交流。

时间如白驹过隙，依然没有机会，重临金徽城。曾闻言，"金徽城，银成县"。记得那里的女人们，不论老少，头发藏在纱巾里面，很有韵味，或长或短，或艳或素，都是一处不错的风景。

次日，我跟在羌学会正、副会长的身后，同往徽县。一路上的急转弯甚多，我随着车子左倾右倒，透过车窗，看到公路两旁满山苍翠，觉得养眼。心里却在催促车子能快点到达徽县。

在距离徽县不远的永宁镇，车子停了。我有些莫名其妙，但又不便问，尽管随后跟进去。

这是一个农家小院，与众不同。进门便有一股浓郁的文化气息扑面而来。院里，花团锦簇，芬芳四溢。忽而我被一墙的爬山虎吸引，郁郁葱葱，再收回视线，看到花坛里的白色绣球花，宛若女子从阁楼上滚下来的素色绣球，圆形，素雅，花朵紧密。我还专门凑到跟前，嗅花香。贪婪地吮吸了一口，还不过瘾，又闭目引颈，继续重复刚才的动作。

被花香包裹的器官，还没回过神来。就被主人热情地引入了另外的一个世界当中。客厅墙上挂的，桌子上摆的，还有转角柜的隔板上放的，那才叫惊奇呢。

那些碟子、罐罐，的确有些沧桑的历史感。我偶尔会在《鉴宝》电视栏目上瞥一眼，所以，隐约能感觉到一丝一缕"古味"来，蒙对的概率很低。

客厅不大，却让我目不暇接。倒是那个灰罐，让我蒙对了。历史留下来的东西，总是宝贵的。看得出来，主人是很有文化底蕴的。后经会长介绍，才知道他是金徽城收藏协会的副主席。原来如此，不枉此行。

要到达金徽城，必须经过一段隧道，大致有三百米。与车子同行在其中，感觉很不错的，像是在时光的隧道里穿越，墙面上的灯光将整个隧道照耀，像李白笔下的"日月同照金银台"，金碧辉煌，敢与皇宫的气派相媲美。

车子缓缓进城了，一切都与二十年前大相径庭。曾记得，东关是一片旧宅，伊斯兰风格尤为显著，空气里弥漫着牛羊肉的味道，非常浓烈。而今高楼林立，大厦丛生，外墙上的各种广告，将这里装扮成一个现代化气息浓郁的小城。

这里也有一湖清波，长堤上龙柳袅娜，舞动风情。徽县作协的陈主席已经在绕城路上久候了。我们的会长和他寒暄后，得知，我们的下一站是泰山庙。

提起泰山庙，我便想到了家乡也有个泰山庙。据老辈说，过去只要有县衙的地方，就会建有泰山庙。

车子在泰山庙的脚下停了下来。陈主席告诉我们，需从正面拾级而上。我首当其冲，只因按捺不住激动的心情。数不清有多少台阶，只见

157

沧桑的石阶上布满了绿苔，趁着昨天雨后的湿润，呼吸着清新的空气，攀登了上去。

在这里见到许多古树和香炉。古柏参天，古朴静安。里面的一棵甲树有着几千年的历史，三四个人合抱都很吃力。我以为是白皮松呢，后来看到主干的树皮很有特点，的确有些像士兵身上的盔甲，既坚硬，又成片。大殿前的石阶，全部用条石砌成，很有那种古味。

同行的小罗，竟然发现了石缝里的白花，或许是那种坚韧精神打动了他的心，他竟然拿出手机拍摄了起来。我虽然说是在山城里长大，却不曾认识这种素雅的白花，他告诉我叫什么呼啦草。我不得地多看了它几眼，的确适合长于这方净土，以此来净化俗尘里的浮躁之心。

车子又刹住了。首先看到广场里有两尊素白的雕塑。近观之，是手持酒樽的李白和紧握妙笔的杜甫。回眸雕塑对面的一块石头上的最醒目的三个字——青泥驿。原来，此地便是"青泥何盘盘"的青泥岭。

根据附近的一些文字介绍看来，青石岭在三国时期，属于蜀国，而和它相距七十余公里的家乡，隶属魏国。如此说来，此行算是"出国"旅游，我不禁哑然失笑。

"来尝尝我给大家泡的特色茶！"闻听，我的目光集聚在那个透明的茶壶里。见到几片绿生生的叶子，在水里舒展筋骨，翠绿欲滴，很是惹眼，最主要的是让人舌尖的味蕾更为敏感，很想急于去品尝那种渴望中的味道。

此刻，听到徽县作家说道："大家看到的叶子，便是藿香，它有清热除湿的功效，夏天饮用很好的。"

"那你放盐做什么啊？"

"是为了增强口感，并且夏天人容易出汗，盐可以补充能量。"

紧接着，我们每人面前的茶杯里，都有了一杯藿香茶，那种清幽，的确就像婴儿的皮肤，弹指可破。是谁吹皱了这一盏清香，谁曾舍得？

慢饮，妙不可言。

会长请求陈主席带领我们去参观栗亭砚，的确让我大开眼界，这里的能工巧匠，真是了不起，雕刻技艺十分精湛，不论飞禽走兽，还是梅兰竹菊，皆惟妙惟肖，且每个作品都是绝版，深受国内外顾客青睐。我惊叹！

旧地重游，这才理解了金徽城这一称谓的含义：金子般的地，金子般的人，金子般的心……

钓鱼台，钓的是美"遇"

初夏，外面的世界更精彩，我因身处深山，很少有空出去。

恰逢本周五下午市作协要举办会议，周末不上班，开会，散心，一举两得。会散，出了大楼，仰望，竟有绵绵细雨。

有人提议去钓鱼台，我很兴奋。钓鱼台，在蟠溪镇，传说是姜子牙垂钓贤者的地方，怎能不去？周文王与姜尚相遇，不正是这里吗？

据一些史料记载，他是反身直钩垂钓，更让人琢磨不透。心中满是羡慕和疑问，直接飞奔蟠溪。

远望，钓鱼台景区的广场，有几个篆字，很醒目。磻溪镇，因有姜子牙，自然就会有关于《封神榜》的神话故事，立刻让我想起他的坐骑——"四不像"。

靠近大门处，有一卷用水泥做成的竹简，形态逼真，引人入胜。

一下子，将我的胃口吊得老高。立刻购票进入景区。就在门外，一个好心的摊主对我说，姑娘，你那高跟鞋不行，里面有上坡的地方呢。我低头，看脚上的凉鞋，高跟，近乎十厘米，的确有些不适宜。心想这下该怎么办？

鞋摊摊主底气十足，说，你放心，保证让你平安回来，还能保证鞋子完好无损。好一个完好无损，我不再犹豫，花十八元，买了鞋子，穿在脚上，把高跟鞋换了下来。

这是一双红色的绸缎拖鞋，顶端还有两个盘扣，显得很有古典女人味。原本，我最不喜欢深红色，可是今天例外。这红色，貌似新娘所属。我虽然已过婚龄，但是女人总喜欢徜徉在咀嚼、回味当中。

进入景区，一段清幽的绿荫小道，充满了静谧，九十点的夏阳，从枝叶的缝隙里投射下来，地面上有了零星的、斑驳的影子。与几位文友，闲庭漫步，倍感舒爽。钻入鼻腔的是清新的空气，映入眼帘的是满山的苍翠松柏，养眼，养心。

为了忘却尘世三千烦丝，干脆把手机关掉，尽情放松自己，贪婪地享用上苍赐予的这一道心灵之汤，慰藉疲惫的心。

移步换景，终于看到了一块巨石，平面微倾，众人拿起五彩石，朝上面抛去——看运气。巧遇一游人正后倾身体，欲投石，第一个投中了，第二个却落到了地上，而我不敢尝试。

我再三追问姜子牙在哪儿，他们经不住我的纠缠，只好带着我继续往前走，穿过一座石桥，看到一些大石头，正斜躺在河滩，光秃秃的石头，貌似邀请来人坐上去歇脚。想当年，唐玄奘带着他的三个徒弟，坐在神龟背上，越过了通天河，那么今天呢？

"淡雅，快看，那是什么？"这一声呼叫，让我从通天河的幻想里走了出来。哇！最醒目的是两个大过凡人脚印的痕迹，淙淙溪流从石缝间流过。

太不可思议了，神仙的脚，就这么大？他穿多少码的鞋子呢？在那个时代，一双鞋子能穿多久呢？一系列的问题，一股脑地迸发出来。在大脑里搜寻，曾在电视剧里见到过的姜子牙模样：头戴斗笠，身穿长袍，须发银白，手执一杆鱼钩，静心垂钓。再和眼前的这个洁白色的姜子牙塑像对比，发现了一个更有趣的事情，他竟是反身垂钓，旁边的鱼篓里，是否有鱼。

也许不是鱼，是"遇"。遇到一方圣贤，遇到一位知己。

转换个角度，来到供奉姜子牙塑像的地方，看到了他的正面。眉目和善，一脸慈祥，肩膀上的鱼竿一直垂到了几米高的崖下。眉宇间，流露出淡定、从容。我见状，浮想联翩，世人之所以羡慕羽化成仙的人，叹息自己不能与仙为伍，大抵是因心浮气躁。

为了也做一回神仙，练就一点淡定、从容之心，我决定要去租身姜子牙的衣服，女扮男装。"哎呀，淡雅，你看长袍都踩到脚下面了。"

我已经沾上了几分淡定，从容，答复："不碍事，不碍事，心在即可。"一片哗然。

一根竹竿从我的右肩上垂下，钓鱼，钓的是心情。此时，恍若真是姜子牙，一身正气，识别人鬼妖，哪怕是师弟申公豹胡作非为，也绝不迁就。

在这里与姜子牙对话许久，还是恋恋不舍地离开。随着大家，一起去坝上，远瞩，看钓鱼台的全景，很为别致。两边的山，不高也不低，有石头山，有黄土山。但是缝隙里总能见到挺立的松柏。在苍翠的掩映下，姜子牙的塑像，净白，显眼。意味着他的正气永留后世。

水乃滋生万物的精华，苍松翠柏，浅草红花，幽篁百叶，鸟雀游鱼……哪个都离不开水的滋养。钓鱼台有了水，则有了灵性，姜子牙或许还能坐在原地重新垂钓一回。

"青山绿水共为邻，古今难得痴人心。文王求贤蟠溪遇，佳话美传耀古今。"紧接着，几个文友的才情涌动，佳作连连。

上了岸，我凝心回望。姜尚，时代的骄子，饱读诗书，胸中笔墨万千，深爱自己的国家，渴望能遇到圣君，尽忠报国，一根打神鞭，让妖魔鬼怪胆战心惊，因姜子牙心中坚信：天地间，正义永在！

　　这次蟠溪的钓鱼台之行，让我模糊的心界豁然明亮了许多。

　　人，一生并非怀才不遇，而常不懂知遇之恩。但愿天下贤才都能像这姜子牙一身正气，大公无私，还祖国大好河山一个本来的青翠与纯净……

西岐周公庙散记

听文友讲在岐山县城的西北七公里处,凤凰山的南麓,有座历史悠久的庙宇——周公庙。我终于有机会身临其境,揭开这久负盛名的周公庙的神秘面纱。

从市区开车来到了周公庙。还没下车,就已看到那广场气势恢宏,石柱巍峨,上面有雕刻,松柏参天,更增加了周公庙的古朴,彰显出它的历史悠久。一个大鼎,矗立在风云变幻的流年里,笑看春秋交替、阴晴圆缺。

我的第一感觉,鼎,是言而有信也;鼎,乃势不可当也;鼎,为顶天立地之态也。周公便是如鼎的历史人物。我怀着无限的久仰之情,缓缓地下了车。

其余的文友都去拍照,而我独自敬立于鼎前,静心,思考,许久,伯牙子期、姜尚文王,皆是知音。

进去后,发现此处依山傍水,古木参天,风景秀丽,三面环山,唯独西面与地面平齐,地势得天独厚。怪不得,周公能在这里潜心研究周易。

刚走了几步,便看到了乐楼,上面悬挂着"磬"这一乐器,大小不一。看罢出来,空旷中传来悠扬舒缓的音乐声。恰是一曲《高山流水》,潜意识地告诉我,西岐,是高山流水遇知音的宝地。

一直喜爱荷塘的我,刚刚站在荷塘边,我对身旁的文友们说:"这荷塘里要是再有些游鱼,那更美了,动静结合,人间仙境啊!"谁知我的话音刚落,就有人吆喝,"你看,那不是鱼吗?"

一时间,金黄色、黑色、淡黄色、红色、白色……五颜六色的鱼儿如百舸争流,看着它们曼妙的身姿,流线型的游泳态势,我真羡慕。或许,它们就是一条条美人鱼幻化而来的。细察,发现游泳的姿态还不尽相同:有大幅度地摇晃身体,妩媚多姿;有轻揉碧波,小家碧玉式的慢游。

眼前的美景让我心旌摇动:碧叶田田,叶脉清晰,宛如舞女的裙;粉瓣飘香,娇颜素色,亭亭玉立,宛若少女;多彩的游鱼摇曳初夏的梦幻,三五成群,穿梭在时光的长廊里。

绕过曲径,走在鹅卵石路上,每走一步,鹅卵石总在脚心里按摩一次,追问一次:到底走了多少步?

走着,走着,走到润德泉,见到了拍摄专题片的导演、摄影师。无疑,增加了我们对它的好奇心。不由得近距离观察,竟然发现这个泉水被围在一个八角池里,水从龙的口中涌出,清澈,沉淀之后,更是碧绿。不知道这里曾经可否有水龙出现?

来过的文友介绍说,来到周公庙,一定要去玄武洞。我不懂,就跟在他们的身后,进了玄武洞。从门口的简介牌上得知,玄武是道教的镇北之神,乃道教真武祖师。

进去之后,看到的是一尊玉像,被称作是"玉石爷"。听说,但凡来到这里的,都要轻抚他的前额,方能沾上些许才气。作为我们这些喜好文字的人,也需要一些灵气、才气。不管真假,我学着他们的样子,在"玉石爷"硕大的额头上,抚摸了一下。

"玉石爷"洞门口的杏树，长得高耸入云，主干是我身高的三倍。仰视，很吃力。绿色的叶子里，掩盖不住黄澄澄的杏子。也许是已经到了成熟的季节，地上躺了许多因迷恋人间而落下的杏子。

登上了远眺台，回望西岐。文友们都说巧遇此境，无诗不欢。恰巧有石桌、石凳，坐下，胡诌起来："翠峦连绵与天横，倚栏回望西岐城。八仙同坐诗词赋，笑看云舒清风中。"

随行的八个文友，被这美景醉倒了。就在这个时候，几只灰雀在亭台下的翠绿树林里，来回跳跃，叽喳得欢实，貌似在欢迎我们的到来。我觉应景，献丑："云雀游弋翠林间，游人俯瞰凝双眼。纵情豪迈难敌景，美酒佳肴对空蓝"。

时值正午，太热，大家没去攀登凤凰山。从另外的路返回的时候，意外地发现，宅子的大门屋脊上，竟然卧着十条龙，形态不一，惟妙惟肖。真心佩服民间的能工巧匠，化腐朽为神奇啊！不过，我也有个疑问，在我国讲究"九九归一"，"九五之尊"，怎么在此建造十条龙啊？

碑亭墨宝各有千秋，注目细看，堪称一绝。思贤亭估计是当年姬昌在此思贤，也许是姬旦。

最后去的是诗经墙。岩石修筑而成的墙上，雕刻着《诗经》。有风、雅、颂的内容。由此可见，当年的周公，亦是促生经典文化的一个有功之人，留下一段佳话，留下《周易》。说起《周易》，导游曾说，《周易》在其他国家都是作为从政一个考量指标而出现的。甭管真假，作为中华儿女的我，从南岐跑到西岐，去瞻仰周公，除了敬仰，还有自豪！

六十五万平方米的周公庙，绿意盎然，丝竹声颤悠，仿佛穿越到了西周。

这次周公庙之行，收获颇丰，感悟颇深。要想成就一番事业，必须潜心研究；要想在心境上超越别人，必须饱览诗书，吸收精华，补己之短；要想造福人类，必须有勇气做有益于人民的事情。

西岐，周公庙，请你在原地等着我们的重逢！

穿越千年，品大唐丝路风情

去了许多小镇，可以说千篇一律中小有不同：南方多为水乡，北方多为古城。然而在乾县，我却遇到了和我同频共振的小镇——大唐小镇。

提起大唐，定会联想到贞观之治，定会联想到贵妃醉酒，定会联想到西域驼队……

在这里，有着和礼泉袁家村、兴平马嵬驿一样的美食一条沟的烟火气息、市井生活。民以食为天，这才更接地气。

大概是我过于丰腴，便喜欢和唐朝联系在一起。前几年，去华清池，见到杨贵妃翩翩起舞的雕塑，我慨叹，我的形象，终于有了落脚点。而今，到了乾县，见到贵妃在此等候，我才知道，但凡与大唐有关的故事，总少不了丰腴形象的代言人——杨贵妃。

大唐，吟唱唐诗，歌舞升平，已是盛况空前，唐太宗精通音律，为玉环私人定制《霓裳》，贵妃伴舞尽妖娆，珠联璧合，同频共振，曲罢，舞休，惊艳四座，此时此刻，唐太宗、杨玉环彼此心波荡漾，圈圈涟漪，绕着一个圆心，徐徐散开，抵达对方的心里，一点，一点，融合，高山流水遇知音，在他们二人之间诞生，默契度愈来愈高，完美到"六宫粉黛无颜色"的极致。

作为主宰大唐社稷的皇帝，又怎能忘记抵御外寇、开疆扩土、对外贸易？于是，他派出将帅和士兵出征，盔甲在身，战旗飘飘，士气高昂，拿出"不破楼兰誓不还"的雄心壮志，奏响远征的号角，希冀一路凯歌，功成名就，圆满回朝。

唐代是丝绸之路沿途贸易活动的鼎盛时期。路上丝绸之路东段有三条主线路，其中一条东起长安，途经咸阳、乾县，过泾河，越六盘山，到玉门关。

既为丝绸之路，就自然与种桑、养蚕有关，这些古人发明的用茧丝织造丝绸之法，很快传播，织出来的丝绸，成了一些西北民族商人贩运到印度和欧洲的主要商品，回国时，原路返回，这条通道就成了"丝路"。

汉武帝时，张骞两次出使西域，"凿空"丝路，开辟了中外交流的新纪元，唐代皇帝看到了这一优势，继续开掘和深化资源，使其成了经济商贸、文化交融、科技交流之路，无疑，这就成了改革开放的雏形。

邻国和长安、乾县互通往来，商品品种得到优化，生产力提高，各族人民的生活水平显著提高，这些，唐代将丝绸之路的功用深化，中国建筑、雕塑、医药等交流内容，传到别国，而他们国家的文化精粹也传到了长安，大大丰富了百姓的生活，活跃了生活气氛。

正因如此，国际通婚，估计虽说稀罕，但应该是存在的。据说，唐末词人李珣是波斯商人的后裔，编写的《海药本草》中就有波斯人的药材；长安译经僧人守温仿照梵文拼音原理，制定了三十个声母；胡乐、胡舞、胡装、胡食在长安城里也颇为盛行，就连皇宫都有波斯人的波罗球戏，即一种马球运动，甚至乾陵章怀太子的墓道里都有打马球的壁画，这不得不说，丝路已拓展到很阔很宽的生活空间，上至皇宫，下至臣子，都与时兴之风有交集。

丝绸之路给各国人民带来意想不到的收获，大有裨益，用在这里丝毫不过分。原本单一、枯燥的生活，丝绸之路畅通后，贸易国的百姓眼界开阔，生活水平提高，生活状况改善，新生事物，传统商品，统统通过交流，互利互惠，造福人类。

中国古代的四大发明，走出国门，颠覆"传内不传外"的旧思想，积极推行"丝绸之路"上的对外贸易，久而久之，此举得到全世界的公认，这也是中华民族对世界文明做出的贡献。

唐朝的强大和丝绸之路有着千丝万缕的联系。

《后汉书·西域传》说："驰命走驿，不绝于时月；商胡贩客，日款于塞下。"反映出使者往来不断，商贩不绝于旅的情景。而丝绸之路的商品，以中国丝绸为主要商品。

穿越两千年的时空，在乾县大唐小镇，品它的风情，不一样的风情。我们分明可以通过小镇的楼阁、塑像，不难想象这条古代连接中西方的商道——丝绸之路，在唐朝的火爆程度，更能看到唐朝盛世受到丝绸之路的深远影响。

乾县的大唐小镇，浓缩了两千年前的丝绸文化、市井生活，令我惊讶。人，要想强大，必须抱团合作，达到双赢；国家要想强大，就得实行对外开放，友好往来，取人长，补己短，成为屹立于东方乃至全球的雄狮！

大唐小镇，你不小，你从唐诗中走来，却不附庸风雅，而是教世人打开心扉，热情拥抱这个属于我们的世界，一起成长，一起荣光，一起生如夏花！

在羌寨，遇见那一抹静静的白

我居于山城一隅，凤凰湖畔，习惯了霓虹闪烁、喷泉如蝶的夜景。然而白昼去城西七公里处的羌寨，却是我心心念念的一件事。

周末，敏姐电话约我去羌寨，我兴奋，应允，随后便一同来到羌寨。

在这里，遇见演绎中心，这是一座规模宏大的造型建筑。晚上，演绎《古羌新韵·凤飞羌舞》大型山水剧，偌大的看台，座无虚席，过道里、看台后面，常有人站着看，大多是慕名而来的游客。这部剧，用歌舞的形式，演绎羌族生活，土著味儿浓郁，结尾，将剧场后门卷起，剧中场景与门外萨朗湖相映生辉，美哉，壮哉！令观者发出啧啧的称赞声，且报以热烈的掌声。很快，这部剧就被广泛传播，紧接着在广西获奖，继而，进京演出，受到认可，它飞出羌寨，飞出秦岭，飞向全中国！

绕过萨朗湖，见到湖中大水车，依旧矗立在原地，享流年的美好，听花开花落，看头顶云卷云舒，观湖里游鱼嬉戏……走过小桥，伴着草坪上小音响里的羌歌，慢慢移步。

在石头羌寨门岗外，我们见到一抹白，格外抢眼。我穿着钉珠长大衣，敏姐穿的中长呢子，顾不了那么多了，站在路上，顺势脱掉外衣，要凑跟前去看那一树素白，真的太纯美、太素净了。

在这各色熏染的世界里，见到一抹素白，就像是能令人抛却人世间许多纷杂之事，全心只赏那纯真的白，纯净得不容一丝一毫他色侵染的白。

之所以能引起我们的兴趣，大概在于，喜欢那种最自然、最本色的白，包括寻觅最本初的自己。在哪里？在这里，完全就可以引起自己内心的共鸣。

等走近，这是一树水桃花，就是野生的桃花。浅棕色的树干，未经任何修剪，自由生长，枝丫上长着密密匝匝的白桃花，与周围尚未完全复苏的景色相比，它显得异常精神。

可遇不可求，大抵上就是这种感觉吧。我站在悬崖边上，伸手去拽枝条，想将一枝桃花拥入怀抱，敏姐提醒我注意安全。我庆幸自己今天来时，穿的是平底靴，所以可以放心大胆地拉桃花枝。近了，近了，桃花到了我的下巴跟前，我低头，轻嗅，淡而近似于无味的花香，真的有些意外，一点也不浓烈，和花瓣的颜色一样，自顾自地芬芳。

我着草绿色毛衣、黑色皮裙，比素白水桃花要明艳许多。敏姐说一深一浅，一艳一素，拍照容易上镜。

我心里偷着乐，敏姐就知道我喜欢与美近距离接触，留下美好。她见我非常投入，甚至忘我，大有不负美景，不负一抹净白的态势，于是，她悄悄用大棚影片拍摄软件，将我和那一树静静的白同框。朵朵桃花，变成了一抹白，静静的，柔柔的，如雪，桃花虚化后做了背景，虚实相生，很有大片的感觉，仿若人在画中游，将瞬间的素白与美好定格，一张，一态势，一颦一笑皆享受！

羌寨主色调是灰和古香，偶尔有星星点点的绿，但那气势远不及这一树白，我拥有此地最亮丽、最圣洁的白色，倍感舒爽和惬意。

我弟弟出生的那一年，正赶上长春电影制片厂在村里开机拍摄电影

171

《白莲花》，可我小，不记事。到后来，我多次翻看这部电影，见吴海燕扮演的白莲花，身披黑面猩红里的斗篷，乌黑的头发上别着一朵白莲花，恰好，她，明眸皓齿，宛若一朵白莲，纯净，高雅，气质超群，与那朵白莲花更和谐。从那时起，一抹静静的白，就给我留下了深刻印象。

红尘中，一抹静静的白，引起无限遐想。有时，不敢碰它，觉得它格外圣洁；有时，又觉得它格外亲近，很有生活情调。这人啊，在凡事缠绕的时候，总感到无法想象那一树静静的白，在各色纷纷展开个性渲染的今天，能从容、淡定地在岁月里保持自身本色，坚守脚下的土地。

回眸人生，山一程，水一程，走过后，待繁华落幕，铅华洗尽，方知淡泊宁静才是心的最好归宿，红肥绿瘦，已是离我们很远、很远的风物，唯有流年里，那一抹静静的白，留在心头！

第六辑　你再不来,就与美好擦肩而过

针脚里的光阴

好久，好久没有见到她了。

二十五年前，我正处豆蔻年华，去杨凌参加高考，与她谋面。

她，我老师的母亲，我管她叫阿姨。

阳春三月，我去市里买回一双粗跟黑皮鞋。我给商场柜台美女说，左脚鞋子挤脚。她说，可以扩一下。再拿回来，穿上后，脚，的确很舒服，心里也满意。

没几天，鞋子有些松，不跟脚，走路显得一瘸一拐，完全没了往日的优雅。

母亲在我身后急切地问：你脚崴了吗？

我否定了母亲的怀疑。

到了单位，我照例和老师（现在是我的同事）一起散步，我提及此事。她笑笑，说回家去找一下适合我脚的鞋垫。

过了周末，她拿来两双绣花鞋垫。

美，美极了。

蓝兔，或左或右，不远处，都有一棵带有绿色缨子的萝卜，心一样的模样，顿时，一股暖流涌上心头。

紫葡萄与粉花在时光里邂逅，高贵典雅和朝气蓬勃相遇……

田园，浪漫，在这两双鞋垫上肆意流淌，融进每一寸光阴里，多了几分闲适，几分安逸。

一针一线密密缝，一叶一花总关情。素白底色，如同时光，淡雅、现实，她拇指与食指间紧紧夹着一根细针，将最朴实无华的构想，拿出，在粘好的素布上绣出无限美好。

曾几何时，我也曾说过要把每一寸光阴过成良辰美景，记住每一个人的好，体验别人有的和没有的温暖，让所有的真善美紧紧将我包裹，那时，我如同一个幸福的公主，穿行在时光隧道，细细享受着携着缘分而来的每一分，每一秒！

一个针脚贴着一个针脚，一根线挨着一根线，此刻，绣在素白鞋垫上的光阴如此丰盈。淡薄的日子，带上了羽翼，一丝一缕，都那么温馨，那么感人。

她，是这两双鞋垫的绣娘；她，是美好光阴的绣娘。

渴盼和珍惜美好，总会在不经意间流露。

倘若，她知道这两双鞋垫经过她的女儿，遇到了我，会是怎样的一种感慨。

那年，她年纪约五十岁，高个，说话很干脆，一字一句，都带着关中平原的粗犷；做饭麻利，一把麦草，一只风箱，一首锅碗瓢盆合奏曲，一桌可口的饭菜。

我在她家小住过，香醋腌新蒜薹，醋香、蒜薹香气混合在一起，直奔我的鼻翼和味蕾而来……

十六岁的我，衣服下摆开线，自己动手缝。她发现针脚乱如麻，影响观感。她温和地笑笑，接过我手里的衣衫，拆了我的粗针大线，重新一针一针地缝起来……

果真整齐、漂亮，针脚很隐蔽，衣摆忒平整，我笑了，笑得仿若一朵绽放的花，一点一点开放，愈开愈浓，愈浓愈艳，映得夏荷红半边，映得骄阳铺满天。

我的老师说，她的母亲，在针脚里度过。二十五年，近万天的日子，在丝线与细针的缠绕中漫延，红花绿叶、蓝兔萝卜、紫藤花开、鸳鸯戏水……

她的儿子、孙子娶媳妇，女儿、孙女出嫁，她都会给做一些绣品，表示心意。绣着的时光里，盈满发自内心的祝福，借缕缕"丝"情述说着往昔的故事，曾经的美好。

一份念想，一份希冀，针脚里的光阴，一丝一缕，一寸一尺，皆是温暖，亦是美好！

二十五年，我未曾与她相遇。她如今，七十多岁，又没了老伴，却依旧将曾经的点点滴滴绣进光阴。

她的老伴曾是高级园艺师，对各种果树情有独钟。受老伴熏染，她喜欢去果园，喜欢去麦田、玉米地、菜园，细嗅菜花香气和果香，还有泥土的芬芳。

她在孤身的日子里，用手中的针线，一下一下，绣着往昔里美好、温暖。追忆，成了一抹抹最暖的风景，永不谢幕。

只因，她要把每一寸光阴绣成良辰美景！

写给文字女子

文字女人，简言之，就是喜欢文字的女人。

中午偶得空暇，打开闲置许久的电视机，随意调频，眼睛在名为《漂亮李慧珍》电视剧那儿落下了，大脑活动最终跟着故事的情节而前进着。剧中女二夏乔说气质女人不光颜值高，还要有内涵。我顿觉，一语惊人！

我在方格子里、键盘上摸爬滚打了二十几年，也算是挤进了文字女人的队伍中，然而，惭愧的是，看书不多，有时偶闻别人称呼美女，亦不惊。在当今"美女"一词烂大街的时代，心中自然知道这是泛指，不是特指。既然如此，自不会大惊小怪、受宠若惊的！

我对于文字的情愫是很深，很浓的。今日可无肉，但必须得有书，不管是大家的佳作，还是小作者的习作，都会翻上几页，似乎方可对得起光阴。面对泛着丝丝墨香的文字，梳理着自己缕缕情思，别有一番情趣，日子就不会那么单薄消瘦了。

作为一个文字女人，会给自己留下灵魂安放之处，借着沁人心脾的文字，不紧不慢，不枝不蔓，娓娓道来，"尽人事顺天意"这六个字，在文字女人的纤手轻轻地敲击键盘声中，宛若潺潺流水，绵绵不断，倏尔急骤，倏尔徐缓，或扼腕惋叹，或大声惊呼，直抒胸臆，采用比兴或者托物言志的手法，借助文字这个载体来抒发胸中细腻如丝的感情，回头细细品味咂摸，妙不可言也！

文字女人，多数是很有情怀的女人，对身边所发生的事情颇为敏感，抓住一个思考点来进行发散思维，就能写出不同新意的文章来，带给自己和他人不一样的感受。

"始于容颜，陷于才华，终于人品"的规律总是伴随存在的。前不久，邂逅了一位文字女人，令我羡慕不已！

见其人，闻其声，品其韵。曾有人说，文字女人是感性人群，大脑细胞是简单排列的。为此，我还和人家进行过一番理论，各有己论，不一而足。

在我看来，文字是高雅艺术，女人是雅美的化身，二者合在一起，应该是天作之合，绝美呈现。那种外在的气质，既儒雅又知性；那内在的底蕴和内涵，既醇厚又有韵味。

文字女人，大度而宽容，温柔而多情，理智而从容，沉静而淡定。放下粗犷的音调、夸张的肢体语言、不假思索的呼喊，换上温婉的谈吐、优雅的姿态，细碎莲步于双方平等交流的空间。这样，才能将文字女人身上散发出来的一种美韵，悄无声息地流露、蔓延出来，如一股股清泉，缓缓流入，逐渐渗透到别人的心田，潜移默化地感染着别人、影响着别人。

文字女人给自己的定位，已表明了发展方向。像茫茫人海中忽见一粒熠熠夺目的珍珠，吸引着大家的眼球。而作为小资的文字女人，肩膀上的使命同样不可忘记。

在今日见到的一位文字女人，优雅无比。远见她款款而来，不急不躁，步履稳重，姿态优雅。落座后，交流中，得知她读书不少，大半个地球，留下了她的足迹。席间，她喝茶的动作不徐不疾，不急不躁；和她交流，如春风润心，那文雅的谈吐，那温婉的语气，那丰富的知识，就是一种享受、一种学习！

我向她学习的不仅是可见的东西，还有一些隐性的优点。

文字女人过了不惑之年，就要学会放下许多过往的故事，放下各种难以舍弃的背负，认真活好当下的每一天，让自己做精彩每一天的主人。而这位优雅的文字女人，她已将有意识放慢语速，在乎语气语调，关注别人的感受，练成了一种日常，所以她才显得非常得体，非常大方，非常优雅。

"腹有诗书气自华"，做个文字女人，每日以文字为伴，让文字的馨香浸润心脾、润泽灵魂，优雅的气质，在不经意间，就会显现在一颦一笑、举手投足间。一旦选择了做文字女人，就得俯下身子用文字来修炼自己的内心，练就一颗宠辱不惊、静观云卷云舒、花开花落的淡定之心。

文字女人会在文字中、现实中生活着，将物质与精神世界无缝隙地对接，抛弃浮躁与浅陋，有温度、有质感，深情、诗意、优雅地活着，乃文字女人的终极目标！

雨　街

中学时，我曾经学过戴望舒的《雨巷》，凄冷的蒙蒙细雨中，那一条悠长而寂寥的巷子，那个撑着油纸伞独自彷徨结着幽怨的丁香姑娘，深深地镌刻于我的脑海，后来我专门去了一趟江南，在青石街道的古巷中苦苦寻觅着那个幽美的情境，未如所愿。

带着一份寻梦的憧憬，前不久我慕名去了邻县的老南街，两溜仿明清建筑夹着一条宽约五米青石铺就的街道，两旁的老屋早已被风雨腐蚀褪下了明丽的色彩，斑驳的墙上刻着深深的皱纹，我想在这些斑驳的深处一定藏着久远的故事。两旁的店铺基本都是大门紧闭，偶见几个老人坐在门口闲聊。有一老汉坐在一张木桌前，抽着一袋旱烟，面容平和，慈祥安宁。那是经历岁月留下来的闲适，那是沧桑之后的平静，悠悠然然，与世无争，在我的眼里心里定格成了古街一道最温馨的风景。

因是隆冬时节，细雨夹着零星的雪花从天而降，缓缓落在了街道上，泅成一片一片的水印，也滋润着青石和我的回忆。

此刻，多数同行人都走在两旁的房檐下，不愿被淋湿身子，可是我却独自漫步在这雨街中，任凭细雨的浸润，那感觉妙不可言。

我不是丁香姑娘，我没有结着愁怨，却愿享受在这静宁的氛围中，红尘中的种种不愉快，顷刻间便灰飞烟灭了。

踩着舒缓的步伐，我一点一点地走过青石路，高跟鞋本能地与雨水亲密接触，发出微弱的细软之声，更有了几分婉约的意味。走了几米后，忽觉眼前有一道蓝光闪过，我本能地抬眸望去，前面一位男士正打着雨伞慢悠悠走着，走着……不紧不慢，沉着从容。或许，他也特别喜欢徜徉在戴望舒的"雨巷"中，心系着那位丁香姑娘。

他一直在缓缓前行，蒙蒙细雨中，坚实的步履，伟岸的背影，迷醉了我的眼，我不由得拿起手机迅速拍下了这诗意般的意境。可惜我不是诗人，此情此景，唯独少了一首婉约风格的雅诗。

卞之琳诗云："你站在桥上看风景，看风景的人在楼上看你。"其实，她告诉我们风景是互换互赏的，要看赏景者是谁，站在哪里，"明月装饰了你的窗子，你装饰了别人的梦"用在此时，有着一种独特的韵味。

我迈着轻盈的步子缓缓地在老南街的雨街上走过，这里虽然没有宏伟的建筑，没有张灯结彩的闹市，却有着一份难得的清宁和安静。

身处红尘，周旋于琐事当中，难免会被各种烦恼填满心房，焦躁不安，苦不堪言。其实，有时候换一种环境，可让受累的灵魂有个安放之处。我不是丁香姑娘，但我喜欢在雨街上慢履，把自己想象成丁香姑娘；我不想结着愁怨，但我愿意做一位融身心于诗情画意中的女子。

走在古街上，犹如步入一幅古老深远的画卷中，时间仿佛在这里凝滞了。回望身后的青石街道，有惊鸿一瞥的心动，每个脑细胞都随着青石街道一点一点由远而近地拉近，拉近……

你再不来，就与美好擦肩而过

客厅里、阳台上的各种花儿，纷纷崭露头角，有你陪我赏花，听花开的声音，多美好啊！

我喜茉莉，油亮的叶子，椭圆，叶脉依附于主茎，向两侧层层散开，布满整个叶片，有规律。素白的花儿，七瓣，瘦长，顶端略圆，绽放后，像孩儿的面庞；另外一盆，开着的花儿亦是雅白，瓣儿短点，前端显得稍圆润。两盆紧挨着，狭长花瓣的好像窈窕淑女，近旁的则像一位男子，这情景、这场面看起来很有情感。

这样的美好，是机缘巧合吧！

站在阳台角落里的非洲茉莉，已经好几年，却一直未曾开成花的模样，一直以树的形态出现。

阳台上，淡雅的香气盈满，每一寸面积，都没有放过。我看着叶子与花紧紧依偎，狭长的花儿和椭圆的花儿长枝交错，窃窃私语，教我怎能不恋你？

突然，就想来一曲《茉莉花》，换上白袍，光脚，在地板上走过，安安静静地住在茉莉花香的小屋。和花花草草一起聊天，时光一下子，会绵软许多，柔美不少。

泡茶，让氤氲缠绕着花草的茎脉、叶片，一点一点地从这个角落静静流向那个方向。只在凤凰湖、家乡安河、小溪那儿，见过静水流深，慢慢领悟了它的深意，而今，我说，这茶香依旧可以如此静美。

你有你忙碌的世界，我有我诗意的生活，这个时节，我哪里都不想去，甚至放下说走就走的旅行，不用千里迢迢地去广西横县看成片的茉莉花。坐在家里，看一盆一盆的花开；待在小城，看凤凰湖一处一处的干涸被碧波覆盖，静候庞大的凤凰喷泉面世，以崭新的姿态迎接湖水东来西去。

夜晚，临窗而坐，香茗白雾缭绕，清风徐徐，静观窗外凤凰湖两岸霓虹闪烁，水上凤凰于飞，凤尾精彩纷呈。阳台上的素雅与湖上华美遥相呼应。如果你愿意来的话，我们对坐品茗，喜看茉莉与凤凰喷泉的交融，尽享"偷得浮生半日闲"。

小时候的梦想是做一位园丁——人民教师。可过了豆蔻年华，我理想的彼岸，没了我的存在。出乎意料的是，我刚跨过二十岁的门槛时，一张派遣证，又指明了我的方向——回到曾经梦想的轨迹上来，做大"孩子王"，挺好！

我在这片属于我的园子里，日复一日地耕耘着，播种着，收获着，快乐着……清淡、简单的日子，在时光中流淌、沉淀，越来越感到沉甸甸的。

回家，看着如花园的家，顿然，觉得与花相伴的日子，也多了几分诗意，几分惬意。

给客厅和卧室的墙面上贴上紫红色的蒲公英，让绿萝攀爬上电视墙，围绕在粉色的钟表周围，晚上，躺在含有阳光味道的被子里，看着对面墙上的贴画，觉得简单的日子，已然可以温柔满满，就连晚上做梦亦是如此。

"群山中想起矿工的号子，小河边走来采椒的姑娘……"《彩凤高翔》的曲子响起，灯影船桨，百余米喷泉高耸入云，画舫上灯火依旧，远处，人造星月交相辉映，你可曾听到，喷泉表演谢幕后，绿萝与湖水缠绵，茉莉与湖水低语，灯影与湖水呢喃……

心，愈加安静；美好，愈加温暖。

你，来了吗？

你再不来，就与美好擦肩而过。

用韭菜花娶来的女子

菜园里,他和她割韭菜。

里面有些韭菜薹已经长得超时,掐不动,顶着一朵白伞花,在山风里摇曳。孙女说,那朵花漂亮,拿来可做项链、戒指。

她惊讶不已,怎会如此美妙?

孙子将韭菜薹和花儿一并折下,然后再半厘米折一下,但不让其完全断开,连着外面的一层绿皮,再向右轻轻拉一下,依次重复。一绿一白,留下韭菜花做项链坠子。

轻轻放在自己脖颈上,两只手放到头发下,在后颈窝里搭接"项链"搭钩。享受自己手作的喜悦,在田垄、地头、园子旁的路上欢呼雀跃,仿若一只蝶,翩翩飞,美得简单,美得纯真。

她看着,想着,忆着,眼睛模糊了⋯⋯

六十年前,她和他经人介绍,认识,还没来得及谈一场轰轰烈烈的恋爱,就被父母提上了结婚日程。

他第一次见她,就被吸引。十七八,在地头跟着大人干活,一对黛色眸子扑闪扑闪，童话般。他在县城，城镇户口，被人羡慕。

　　第二次见面，她正在地里采韭菜花，说是回家晒干，或做菜，或看花。他见她，怀里抱了一大束韭菜花，衬得皮肤更白。他越看，她越害羞，两朵红云，好似娇艳的花儿，她更可爱，更美。

　　他在心里暗想，非她不娶。但，不敢露声色。

　　她依然低头采韭菜花。

　　他走过去，帮忙。突发奇想，用一根韭菜花做了一根项链，圈在她的领子上，笑而不语，她把头深埋于胸前，忽然，转过身，跑了。

　　很快，她做了他的新娘，那根韭菜花项链，她放进一个报纸糊的纸盒里，也带来了。

　　他说，就随手做一个项链，你还保存得这么好。

　　她笑而不语，依然把头埋得很深。

　　老张，你还记得，当年那挂项链吗？

　　你还记着？

　　她有些惋惜，要是能有一个什么办法，能让那项链一直不干枯，就不会断了。

　　已经变成干褐色的韭菜节，缩成一团，几乎看不出原来的模样。盒子，换了一个又一个，最后躺在了一只木盒子里，一起走过六十个春夏秋冬。

　　这是你六十年前亲手做的韭菜项链。她递给他，一只木盒子。

　　他没想到，她竟然能把它保存如此完好，且一年不少的。

　　她望着他光泽晦暗的眸子，深情地说，现在金店里的任何一款项链，都不及它珍贵。

　　他抚摸着木盒子，一会儿，揭开盒子，看着里面放着的韭菜薹，一节一节，长长短短，颜色深深浅浅，倒也好看，他流泪了。

　　她也流泪了，一瞬间，又笑了。暖暖的，美美的。

韭菜，割一茬，长一茬。韭菜花，一年只开一次，八九月。天热，心暖，一暖就是一辈子。

他懂她，六十年。她有病，他照顾；他干活，她作陪；她做饭，他洗碗；他发呆，她说笑话。

简简单单，却很快乐。一台老式电视机，一对旧式沙发，两杯茶，说说笑笑。日子在不经意间，伴着她的歌声、笑声飞出院子，飞向田野……

他和她从来不做韭花酱。菜园没了，他去集市买韭菜专挑带韭菜花的，有时，央求菜农给他带回含有花的韭菜。叮嘱人家，一定要夹在韭菜里面，千万不可只把花掐下来。别人问他，他不说。

只有他和她知道，要韭菜花做什么。

她说，遇见他，真幸福！他捧着木盒子，只说一句：你是我用韭菜花娶回来的！

她病得很严重，他不哭，颤颤巍巍地做了一挂韭菜项链，放到她的跟前，她面带笑容，走了。

从心里开出来的九支玫瑰

九月十日,教师节。

我跟往常一样,按时上班。走至教学楼大厅,见白瓷砖墙上,一张张红纸白粉笔写的贺信,心里一阵暖。

我到办公室,放下包,提壶准备去打水。几个学生站在门口,打报告。我说,请进。

几个学生,十五六岁,双手背在身后,望着我,只是笑。我不解其意,只好赔着笑。

小海,属于心直口快之人。他憋不住了,给其他人说,要祝老师节日快乐,就别不好意思啊!

话虽如此,其他同学依然腼腆,羞于启齿。

我从小海的话中,大致知道了他们的来意。

那几个学生终于鼓足勇气,个别同学的脸都憋得泛红,硬是从齿缝里挤出几个字:老师,祝您节日快乐!

我的心里又是一阵暖,这次强度明显大于前一次。

其实,我跟学生相伴二十余载,很少接到学生的礼物。我虽说也喜浪漫，但于学生，我总有些不安。他们若是用其他方式表达对我的爱和理解，我或许还能欣然接受。花着父母的血汗钱，来给我表示心意，反而让我过意不去。

孩子当中有胆大一点的，悄悄告诉我：老师，我少吃几个冰激凌的事。即便如此，我心也难安。

九支玫瑰，从他们身后拿出来，放在我桌上的旧水杯里，这种搭配，这种暖，无以言表。孩子们急匆匆地转身出去了，我注视着九支玫瑰，良久，良久……"九"，这个数字，往大了说，九九归一；往小了说，天长地久。

九支玫瑰，九个孩子的心，希望我们师生情亦能天长地久。他们平时很喜欢聊天，从初中生活聊到游戏，从本土热点话题聊到网络新鲜事情，从自身聊到他人……堪称话题王，然而，和老师说一句"祝您节日快乐"却如此害羞。

玫瑰，大致是送给喜欢的人。不仅仅是情人节、恋人的宠儿，更是一种至真至诚、至纯至深情感的表达与传递。你认同吗？

一支，两支，三支……花瓣渐次展开，仿若从他们心里开出来的花儿，很真，很纯，亦很美。像他们开心时的脸庞，不掺杂一丝一缕其他因素，爱，就爱得真切，喜，就喜欢得彻头彻尾。他们生活在大山里，成年累月，便有了大山的性格，流水的性情。

生活在他们中间，很快乐，也很幸福。和他们一起年轻，将逝去的光阴里的美好回忆，储存；和他们一起感受新生事物带来的欢喜，走出墨守成规，接近学生内心，真正靠拢"灵魂工程师"这一美称。

玫瑰，娇艳与否，需要园丁；孩子灵魂，健康与否，需要工程师。净化程度，是一项浩瀚的工程。我们宛若千层浪的海面上航行的一条船，载着孩子，向灯塔奋力前行。

上课回来，一进办公室，我看到桌上的玫瑰，正在从他们的心里开放，一点一点地开放，绽放成人生里的最美好。

端午，龙舟竞渡

又逢端午，正值旅游节，各种活动汹涌而来，令人应接不假。

据《史记》"屈原贾生列传"记载，屈原是春秋时期楚怀王的赛龙舟大臣。传说屈原死后，楚国百姓哀痛异常，纷纷涌到汨罗江边去凭吊屈原。渔夫们划起船只，在江上来回打捞他的真身。他们争先恐后，追至洞庭湖时不见踪迹。之后每年五月五日划龙舟以纪念屈原，借此驱散江中之鱼，以免鱼吃掉屈原的身体。

后来，逐渐演变，各地借龙舟竞渡纪念的人不尽相同，慢慢地，龙舟竞渡带上了半宗教、半娱乐的性质，成了群众集会的一种形式。

下午三点，凤凰湖下游，格外热闹。护栏上趴满了人，水泄不通。大家目光齐刷刷地投向湖里。只见碧波荡漾，微风吹皱了丝绸一般，龙舟从下游大坝跟前出发，直抵廊桥下，然后折回起点。

凤凰湖，群山环抱，宛若掌上明珠。凤凰湖很有个性，水流自东向西，同嘉陵江流向一致。今天的赛龙舟，则意味着逆流而上。这分明是一种挑战，且不容商量。

龙舟，五六米长，宽度刚够并排坐两人，前端有龙头，后部有龙尾，气势磅礴，俨然有龙形。

　　各队坐在龙舟上，听着哨音，富有节奏地划动手里素白船桨，一下，两下，三下……有一支代表队很有特色，自喊号子："一二，一二……"节奏明快，间隔时间相同，龙舟如离弦之箭，迅速蹿出，溅起大水花，卷起千层雪，后浪推前浪，一条水线被远远抛在身后，随着岸上观众的叫好声，选手更有信心拔得头筹。

　　身后紧跟的代表队，见状，心急如焚，恨不得一个"鹞子腾空"，落在前边的小舟前。然而，欲速则不达，龙舟上的船桨划动的速度不一致，有快有慢，舵手已然无法控制小舟前进的方向，它开始转向，往回开，赛手中一片哗然。这下，可能会名落孙山，许多观众都这样说。

　　然而，奇迹出现了，这只龙舟调整步调，齐头并进，终于要追上了，一米，两米，三米……

　　谁料，那只龙舟来一个华丽转身，又顺流而下，省时省力。然而，他们"咬定青山不放松"，一鼓作气，赶了上来。岸上发出尖叫声、呐喊声，我不由自主地朝他们喊："加油！"

　　一旁的观众，问我认识赛手不。我笑而不语。

　　其他代表队，被带动，拼命划动手中的桨，向终点奔去……

　　"赢了，赢了！"冠军队，无悬念。

　　人生如龙舟竞渡。儿子曾对我说，他们下课十分钟，除了去卫生间，都在努力学习，一不留神，别人会把自己甩出老远。

　　大概是因为如此，我每次打电话给远方的儿子，从不问学习，只叮嘱多喝水，劳逸结合。他已知在茫茫人海中竞渡，我又何须给他施压。但，对于我自己，则不然。必须与时间、意念竞渡。

　　这个端午，我又不能与儿子见面，只能电话里互相问候，各自在学海和文海里遨游，竞渡。

　　因为，永不停止地追求超越，才会见到更美的风景。

　　竞渡，竞渡，一直不会跑路。只因，不负美好，不负心！

善良，有时就是一种成全

善良，是开在每个人心里的一朵花。

然而，有人喜欢坚守在这朵花的近旁，悉心照顾它，不改初心，使其茁壮成长在岁月里，绽放出绚烂无比的笑脸；有些人，却过早地掐死了这朵花。

世界上任何人、任何事都有可能相遇，要么互相欣赏，心生善意，开出最美的花来；要么彼此冷漠，擦肩而过。

埃及一部时长四分钟的微电影，无配音，无字幕，只有画面，名叫《另一只鞋子》。里面的小男孩，因父母忙于生计，无暇顾及他，即使脚上的鞋子，已然快报废，只要能被脚带着走，就不需要过问。

有一天，小男孩右脚上的鞋子，坏了，不能走路。他坐在街角，手里拿着坏了的鞋子，左右捏，前后看，也无果，他的眼里掠过一丝无奈和忧虑，不免伤心起来。

街上的行人，来来往往，却无人正眼瞧他，更别说关心他的窘况了。一个地地道道的穷小子，没有任何理由引起路人的注意。

他透过人群的缝隙，迷茫地寻着，望着……

忽然，一对父子的四只脚，闯进他的眼眸。那是和他年龄相仿的一个小男孩，白袜，黑皮鞋，闪闪发亮，太阳洒在上面，若镜面。

富家小男孩，停下脚步，他用白绢擦拭着脚上的黑皮鞋。一下，两下，来回擦拭着，一次又一次地重复着上一个动作。

穷小子就在想，这双鞋子，定是来之不易。否则，他怎会如此在意。或许是生日礼物，或许是考试成绩好获得的奖品，或许是妈妈出差临走时买给他的鞋子，或许……

一时间，穷小子看得出神，不自觉地，眼睛发呆。他再低头看看手里紧紧拿着的鞋子，心生艳羡。

就在这时，火车到站。富家小男孩的父亲，拉着他的手，拼命奔跑，挤火车。途中，他掉了一只鞋子，他很想挣脱父亲的手，回身捡鞋子。可是，父亲不给他机会。

他，无奈，惋惜，心痛……

穷小子见那只黑色小皮鞋躺在地上，被赶车人踢来踢去，他高兴，羡慕，着急，心情格外复杂。他顾不了那么多了，光着一只脚，挤进人群，抓起鞋子，奔向车站。

火车启动了。车跑，穷小子追着跑。

富家小男孩，将手伸出车窗，大声呐喊着，穷小子在下面追跑着。此时，他真像一个追风少年，追着，跑着。

手里抓着鞋子，继续奔跑。火车的速度越来越快，他追不上了。

富家小男孩，脱下脚上的鞋子，扔了下来……

如不是我的，我会把我得到的，还给你。

若我无法得到，我会把我有的，送给你。

善良遇到善良，自会开出全世界最美的花来。

林语堂说，捧着一把茶壶，把人生煎到最本质的精髓。

这两位小男孩，一开始，就把善良这朵花，煮进茶壶里，萃取了茶之精华，以其煎熬出涵养和内心的宁静。

善良总与温暖、感动、励志相随，倘若，善良在正确的时间遇上对的人，那将会是一种莫大的力量，瞬间联结接彼此的心，谱写出人生最精彩的华章。

回眸这两个同龄小男孩，一穷，一富，却因一双鞋子，成全了金子般的善良。

善良，有时就是一种成全！

凤凰涅槃，只为和蛟龙因缘际会

沉寂了两冬一春的凤凰湖，终于再现生机。

湖里的凤凰，去了一些时日，留下的是荒凉一片，令人伤感。然而，凤凰涅槃后，华丽转身，成了湖里一抹最耀眼的金黄色，雄伟、壮观，昂首东望，期待着，期待着。

作为凤的形象出现，她在望谁呢？又在等谁呢？

夜幕降临，深色如黑布的苍穹，与湖畔的各款各色灯光相映，成就了一湖美景。将白昼仿若少女的凤凰湖一下子装扮得如贵妇，华丽，雍容，典雅，涌动着一种莫大的气场。

时间过去了一年半，凤凰湖以崭新的姿态出现在人们的视野里。的确，与之前不同，有凤，有龙，出乎意料，使许多人的眼眸酣醉。

东边，丰禾山下，有一"莲花台"，这里住着凤凰湖里另一处惊艳的美景——亚洲第一高喷。当喷泉徐徐上升时，在白雾升腾的柱状里，突现一条绿色带子，形态宏伟，以喷泉为"柱"，紧紧拥抱，盘旋而上，姿态翩然，矫若惊龙。

不是好像，分明就是一条翡翠龙！

之前，湖里，喷泉里是没有龙的，凤凰尽情舞动双翼，一幕落下，一幕又起，自顾自妖娆，可心里却有一种说不出的失落，谁人又懂？何人又知？

哦，凤凰涅槃，只为和蛟龙因缘际会。

自古以来，都说龙凤呈祥。龙，凤，皆是人们想象出来的图腾，但都承载着人们的美好祝愿。一强大，一华美，这样的结合，与人世间的男女结缘，一脉相承。

远观，湖里的凤凰变得如此美丽，振翅，欲飞，偏偏就与喷泉里的蛟龙相望，对视。然而，那条龙，因水而来，因水而腾空。这水，只有在晚上，喷泉开放时，它才能出现，而白昼，只有凤凰保持美好的姿态，东望，期盼融进分分秒秒，盼望时间如凤凰湖里的水，一波推一波。天色渐黑，凤凰的心里会更加紧张，因为，距离见到蛟龙的时间越来越近，越来越近了。

一年半的涅槃，就为与蛟龙相会。哪怕仅仅三分钟的见面，凤凰的心里也是兴奋的，毕竟之前没见过蛟龙，现在终于有机会相见，这是何等的幸福！

尘世间，有多少时间，我们可以自己把握；有多少事情，我们可以自己主宰。凡尘中，能有缘与心中深藏的那个人、那件事相遇，即便如流星闪现，那也是曾经拥有过的幸福和快乐。

金凤与翡翠龙不知修了多少年的缘分，才得以相遇。我们愿意为一场最真的邂逅去"涅槃"吗？倘若愿意，那应该是深深懂得"且行且珍惜"的含义的。

人，走着，走着，美好就和你不期而遇了。以淡然不惊的胸怀，撷取流年里的醉美风华。

有时，让自己也来一次涅槃，剔除该放下的浮躁，全新迎接最温暖的美好，如此，甚好。

住在草绳上的美好

陈家湾，小城以北十二公里处便是。一棵高大、古老的唐僧柳成了这个村的标志，许多人奔向那里，皆因这棵柳树的传说。然而，故事是属于往昔，今朝又有新模样。

这个村子的编织远近闻名。前几年，去陈家湾做朗诵比赛服务的时候，顺便参观了柳制品陈列室，的确令人咋舌。我现在回想起那日的神情，估计都是一脸惊愕停在半空中，很久，很久……

大概这里的人编织物件会上瘾。陈列室里的物品名目繁多，花瓶、净瓶、簸箕、背篓……尽是柳条脱掉绿皮后，在艺人手中来来回回走过后留下的痕迹集结，一条与另外一条相交，一上一下，脉络清晰、凹凸，形成了纹理，素白的物件，盈满本色，不加一点色彩，倒也讨喜。

而今，柳编艺人，发现了一种更为柔软的草，更适合编织。

柔柔的，软软的，从稻田里割出来，去掉穗子，秸秆便成了采摘园的新宠。艺人们拿着素白的秸秆，在手里来回跳跃，翻腾，将脑中构思好的造型，逐一编出来。将其置于布满碧草、绿苗和原木亭子的近旁，格外抢眼，栩栩如生，亦幻亦真，梅花鹿、长颈鹿、水牛、熊猫，妙趣横生，动物与植物和谐相处，甚好！

来采摘园的人，会想些什么呢？

举目望去，几只偌大的南瓜挺立在田间，色彩金黄，一瓣，一瓣之间有凹进去的暗绿，充当分隔线，一凸一凹，南瓜更逼真、更圆润，最能触动人的神经和心里柔软之处的是南瓜上的那几个字——常回家看看。

多少人皆因创设许许多多的美好，而把光阴浓缩在"忙碌"二字上。父母成了遗忘在光阴里的人，好久，都不能回家去看看。时常给孤寡老人送去贴心的温暖，却不知家里的老人依然倚门而望，日复一日，那种牵挂，那种深情，一日比一日绵长，一日比一日深厚。然而，往往失望而归，即便如此，他们总放不下那份想念，那份执着。

我也好久没回去看望父母了。我都记不起是哪天曾经还在家里的沙发上坐过，吃过母亲做的饭，聆听过父亲对陈年旧事的追忆，那种最真实的幸福，渐行渐远。

父母在电话那头呼唤我，说是粽子油糕已经做好，等我回家。我的心里掠过一种叫作深爱的暖流，却无法抽身，要去省城看望读高二的孩子，关键期、转折点，作为母亲，我得去给他摇旗呐喊。

冷落了热油锅里出来的金黄油糕，温度骤降；冷落了母亲，心中热乎乎的希望，却成了冰冰的等候。

孩子，你不能常回家看看，因为忙；我亦不能常回家看看年迈的父母，也因忙。

一切美好，在深情厚谊里，自会温暖。

草绳上结着的美好，不知，温暖了多少孩子，多少游子，多少因忙碌而不能常回家看看的人儿。

希望美好永远和我们近距离相随，而不是留在遗憾和唏嘘里，空悲切。我的心里住着草绳上的美好——常回家看看！

原来，它一直在此地等我

周内在学校，周五下午回家，这已是常态。

学校在小镇，家在县城，两地相距十五公里，时觉长，时觉短，这大概与我的心境有很大关系。

盼呀，盼呀，时间仿佛不再是六十进制，变长了，将我焦急的盼望也拉长，终于盼到周五，可以回家了。不经意间，心中有些小沸腾，似乎多了心语，多了闲逸。

到家，整个环视一圈，看着客厅、阳台的一盆，一花，一草，一鱼，我的心情顿时好了许多，像是脑子里全是灵动的词语，不用挤词，自己像是长了腿，一个劲地往外蹦。几分温暖，几分兴奋，溢于言表。

晚上，九点多，窗外的雨，斜下，落在窗户玻璃上，点点滴滴，透明状，惹人爱怜。雨和空气强烈撞击，近似迸裂。高调的宣告：几近盛夏。

雨声，一阵比一阵紧，与不远处凤凰湖大坝的水声一比高低。

没过一会儿，喷泉音乐响起，小区东侧的丰禾山顶上的射灯，放射出耀眼的绿光，穿过雨帘，投向西边。在强光下，那丝丝雨线，斜而平行，奏响夏之歌，哗哗啦啦！起身，看窗外，射灯、凤凰湖两岸的霓虹灯,依旧妖娆,而我今晚心如止水。

既然如此,就该安静地做自己。回到卧室,坐进棕色藤椅里,听雨,看书,互不干扰,静静的,我好似黄金屋里的那个颜如玉。

看完张亚凌老师的《孩子,要和世界温柔相处》一辑文章后,起身去客厅沏茶时,我就在想,这种安静,在上班的时间里,我不曾奢望过,亦不可能坐下来,真正地做回自己。为何我回家,会如此安静?

大抵是,身处陋室,才懂得属于自己的世界,原来,一直在这里等我,不曾离开过。

在琐事缠身的今天,多数时间都不属于自己,不禁发问:自己去了哪里?迷茫、无奈,已经无法寻到自己。

回到家,书香、花香、茶香,一起将我浸润,找到乐土一般,自我主宰,自由发挥。先侍弄花草,之后,移步到鱼缸跟前,见几条游鱼在圆形缸里走着同心圆,一圈,又一圈,一红一黄一黑,三个鱼影与绿色水草、彩石构成一幅水韵画,动静结合,美了我的眼眸,美了我心中的世界。

或许外面的世界真的很精彩,我却将许多想念留在了家。

回到这里,剔除些许浮躁,真正安静下来。读书、品茗、写字,在一词一句,一撇一捺中觅得那个原本的自己,真好。

家,给人温暖,也还有安静。青年时期,家,就是枷锁,极力挣脱,逃出去,冠冕堂皇地追求自由,而今,却格外想念回家,尤其是那种安静的环境和心境。

静,安静,内心深处的安静,是最大、最美的静好。岁月无恙,人心不躁,胜却人间四月天。

心中的桃花源,乃圣地,心灵净化之处,心安之地——家。

在外奔波无数日,成就颇丰,也抵不过人心最大的安静,灵魂最佳的安放之处。只要心中有所盼,盼望抵达安静港湾,风平浪静,风景依旧。回眸深情望去,原来,它一直在此地等我!

声若百灵，吟诵出心中的美好

夜幕降临，一连下了几天雨，今晚，凉快许多，完全不像是七月天气。中心广场纳凉、跳舞的人也不少，但更多的人却早早来到舞台前正襟危坐，期待着一场文化盛宴——大连中山朗诵家协会与县朗诵协会的联袂演出。

那是一场怎样的文化盛会，又是一种什么样的声音……各种猜测在耳旁响起。

主持人着一条正红晚礼服上场，用满怀激情、满怀亢奋的声音做开场白。台下观众的情绪完全被调动起来，掌声雷动。

大连的萍老师在《百合花开》中拉开帷幕，带领大家进入美好的想象之中："百合花一朵一朵地盛开，每天花朵上都有晶莹的水珠，野草们以为那是昨夜的露水……它那透着灵性的洁白和秀挺的风姿，成了断崖上最美丽的一道景色。"

我已经不忍心禁锢自己的思绪，仿佛看到一朵朵百合花，在崖边，次第开放，聆听花开的声音，轻柔、细腻，温柔我的心扉，褪去许多急躁和不安，慢慢地，缓缓地，一点，一点，渗透到我的体内，甚至，每个细胞都盈满了花香，一丝一缕，一丝一缕……

《木兰辞》耳熟能详，台上静老师将花木兰内心的纠结，情感的变化，凭借神情、语气、语调、动作恰到好处地表现出来，或伤感，或激昂，或自豪，或欣喜，波澜起伏，令观众折服，每到动情处，台下便是一片雷鸣。

温老师深情朗诵《再别康桥》，让我也想起我在课堂上，给学生播放朗诵视频、我示范朗诵、学生自由朗诵，都想演绎出徐志摩重游剑桥大学的心境，然而远不及温老师情感饱满。

其余几位老师的声音也堪比百灵鸟，吟诵走心，如诗，如歌，如戏，的确令人喜欢，令人痴醉。我亦是县朗诵协会会员，坐在台下，仰视台上朗诵的老师们，自觉羞愧。

一声声宛若百灵鸟的声音，总能穿透心脏，去朗诵词中的地方，不是穿越，却胜似穿越。

白居易在《琵琶行》中有诗云："如听仙乐耳暂鸣。"我借用在此时、此种情景下，毫无夸张之嫌。

吟唱出心中的美好，这也是一种感染，一种演绎，一种传承。对有才气、有志气，忠孝两全的人物予以颂扬，又是发扬传统文化的需要。

大连六位老师远道而来，用激情澎湃的合诵《长河吟》压轴，这让我肃然起敬。敬畏那些对文字、对文化如此用心、用情的人。

人世间的美好，有许多种，亦有不止一种的表达方式，然而，用声音传递温暖，用吟诵使得曾经波澜不惊的心海，水波兴起，荡起圈圈涟漪，这才是美得最彻底的风景！

提高现代文阅读和写作成绩的金钥匙

刘春燕作品
阅读试题详析详解

念想与意外赛跑

（1）年关，我早上起来，趴在窗台上，看着楼下忙忙碌碌的身影，车辆排放，仿若卧龙，却怎么也不知，今天该安排哪一件迎接新年的年事。

（2）端上一杯茶，将蓬松的头发，连同脑袋埋在热茶冒出的白雾中，几分湿气，潮润发丝。几天以来，都宅在屋，落在文字中，勾勾画画、敲敲打打，没完没了。

（3）望着小区里，购置年货回来的人，有老两口的，有一家三口的，有"女汉子"，也有男人停车，从后备厢里取大小袋子的……都准备充裕地过年。

（4）儿子还没放假，远在三百里地读书，至今未定归期，心里空荡荡。就像飘在外面路上的塑料袋，像树顶上的叶子在空中旋舞，又像浮萍一般，漫无目的，沉沉浮浮。

（5）一向阳光、乐观的我，总不能把自己淹没在怅惘、彳亍当中，于是，踱步返回客厅，取来手机，看微信。

（6）昨晚，不小心，又熬了夜。今早，起来晚了，想着窗外新鲜空气早蹦蹦跳跳、踮着脚尖迎接今天，索性，也冲出去，和它热拥，这才舒爽。

（7）她的头像那里，有红色数字，知晓她给我留言，什么情况？

（8）打开链接，是她写在自己新浪微博里的博客，我慢慢读，细细看，她又说是心情日记，我却不这么以为。

（9）或许，到了我们这种年龄，上有老，下有小，工作上闹心的事不少，身体无恙就好。

（10）她在博客里说，她调到百公里外的市区，很久没回县城。临近过年，想回来上坟，顺道给和我同住一小区的姐姐带点年货，当然，也想看看老同事。

（11）自从她到了市区，忙得腾不出空余时间，又巧，"老来得子"，升级版"宝妈"，幸福接二连三，唯觉，时间不够分。难得，她的电脑今天出了故障，请人维修，她才得空，给老同事打一电话。

（12）——你感冒了吗？声音听起来哑哑的。

（13）——嗯，有点！

（14）——抓紧时间治疗，今年流感猛于虎。

（15）——嗯。就是。我就在医院住着呢。

（16）——住多久了？医生怎么说的？

（17）——一个多星期了。医生说手术做了，该切的也切了，后期还要好好治疗。

（18）——什么手术？切下来的东西做检查了吗？

（19）——肺上长了个肿瘤，切掉了，检查了，医生说不好。

（20）……

（21）她在电话这头听到老同事的嗓音里混进哭腔，她问清医院，买了东西，一路狂奔，去探望老同事。

（22）在医院，她见到了老同事腋下一尺有余的伤口，她心 **A "突突"**。她说了一些安慰的话，似乎别无他法。直到老同事媳妇送她出来，走在楼道里，眼泪 **B "呼啦"** 一下汹涌而来，哭着说道："他才五十多，却得了这病。手术单上签字那会儿，我连个商量的人都没有，父母耄耋之年，姐妹家里负担重，孩子刚参加工作，没阅历……右边肺叶紧挨着胸腔和动脉血管，稍有不慎，就可能下不来了……"

（23）她听着，内心翻腾着。酸楚、痛苦、无言化作两行泪，扑簌簌，如雨落。老同事的媳妇，文化程度不高，正式工作不好找，做零工，贴补家用。

（24）她劝：你要坚强，现在是最需要你的时候，你一定要照顾好自己！

（25）我看着她的博客，想到了前几年，一位校友，和我当今年纪一般大，患上肺癌，化疗，最后，狠心抛弃妻子，去了另一个世界。全班同学，去参加葬礼，无言，只有泪，只有痛！

（26）前年腊月，小年先一天，我去市区办事，接到短信，说作协秘书长走了，我惊愕万分，难以置信。心里也知道，这种事情，谁也不可能无聊至极，去撒谎，然而，还是打电话核实，

3

毋庸置疑。他和我同岁，同村，怎能相信？

（27）那年，自从上半年笔会见面，好久没有见过他。总说挺念想他，找他去了解一些民歌，老说明天去，谁料，明天何其多，又有谁知，没能等到明天，我对民歌的念想，对同乡的念想，断了翅膀，意外抢先一步。

（28）那天如昨，意外挡住明天。

（29）人，年龄渐长，自会内敛许多，可总希望做好念想和意外赛跑的裁判。

（30）念想，在路上奔跑，意外永不上路，如此，多好！

1. 文章讲了几件事，请概括一下。
2. 文中加粗字，体现作者的什么心情？
3. 画横线的句子"今早，起来晚了，想着窗外新鲜空气早蹦蹦跳跳、踮着脚尖迎接今天，索性，也冲出去，和它热拥，这才舒爽"运用了什么修辞手法，作者这样写，想表达一种什么样的情感？
4. A、B两处的词语，用在这里有何妙处，请谈谈你的看法。
5. "那天如昨，意外挡住明天。"你是如何理解的？

参考答案：

1. 文中讲了三件事："我"（母亲）想念儿子，盼归；同学探望重病同事；秘书长，同龄人，英年早逝。

2. 排比。表达了作者（母亲）因念想儿子，却未见归人，心中无"根"，无着落，异常焦急、失落，感觉空荡荡的，视儿子为她的全部。（意思答对即可）

3. 拟人。想表达窗外新鲜空气迎接崭新的一天的欣喜劲儿。
4. 运用拟声词，会使文章妙趣横生，更形象生动，富有感染力。
5. 往日像是就在昨天，历历在目。因为秘书长的英年早逝，使得明天被挡住了。抒发了作者对他过早地离开人世，十分惋惜的思想感情。

一篱繁花，两颗素心

（1）晨起，去河堤路上锻炼。

（2）本来约好和闺密一起去的，可是中间出了点变故，我便成了"独行侠"。

（3）我甩开双臂，昂首阔步向前。刚走了一里路的样子，忽然，眼眸被路旁菜园子里的两个跃动的影子给吸引住了。于是，我几步走近，定睛一看，原来是两个老人，他们正躬身在地里刨着什么。

（4）站在那里良久，细看这两位老人在菜园子里做着什么。四五分钟后，我终于得到了答案，哦，原来是在刨土豆。我不由得暗自佩服和艳羡这两位白发如霜的老人，他们的身体素质如此好，（　　　　　）。

（5）这个不足三十平方米的园子，在他们的精心打理下，变得姹紫嫣红、活色生香。用竹竿搭成的豇豆架连在一起，就是一堵镂空的篱笆墙，那些与竹竿缠绵的绿白茎蔓，柔软温和，将一个个美丽的弧线交织融合，宛若女人的蕾丝裙。上面还点缀着淡紫色的花，昨晚的一场绵雨，使它们显得越发润泽、精神，高出竹架的豇豆，俏丽无比，散发着若有若无的香气，空气里盈满着清新和芬芳。

（6）一旁的丝瓜也不示弱，在碧绿的叶间绽放出一朵朵金黄的花儿，格外耀眼，像是要和那俏丽的紫花儿相媲美。菜园子中间的一簇簇洁白的辣椒花儿，在煦风中轻悠悠地摇曳着，像是在给它们伴着曼妙的舞姿。

（7）最引我注目的是，菜园里北边不高的枣树枝上，爬满了野生的牵牛花，形状像一个个小喇叭，外延是玫红色，或深紫色，中间点缀着金黄色的花蕊。按照往年我干农活的惯例，一定是要把这些野花给"请"出去的，好腾出个地方来，能多种一点是一点。<u>可是，这园子里的牵牛花，显然是主人有意留下来的，还特意将根部的杂草清理得干干净净。</u>

（8）这一对老人，在燥热的三伏天里，不顾烈日的暴晒，在菜园里欣然挖着土豆。这种举动，令我十分好奇。

（9）恰好有他们的熟人经过，喊了他们的名字，做了简单的交谈。站在一旁的我从而得知，原来是婶子平日特别喜欢侍弄菜园，大叔虽然身体不好，但怕累着老伴，就主动陪伴了。

（10）陪伴，是最长情的告白；守护，是最温暖的承诺。如果说，风花雪月、海誓山盟属于年轻人的话，那么，眼前这对老人，他们把同甘共苦、相濡以沫化作了看得到、摸得着的相守。

（11）一篱笆朴素的牵牛花，还有跟前的格桑花，随风轻轻摇曳着，散发着淡淡的清香，沁人心扉，醉人心魂。

（12）这对老人不看重名贵之花，就喜欢这些普通得不能再普通的平民花，像极了他们的生活。人都说，所爱之物恰是心灵的折射。那么，我也可以说老人菜园里的这些朴素的花儿，就是他们纯真心灵的外化表现。这些花儿普普通通、平平凡凡，对环境的要求甚少，生命力却异常旺盛，照样可以绽放出鲜艳耀目的花儿。

（13）再看看这一对老人，大叔抡起小锄头刨着土豆，大婶在一旁躬身捡拾着。两人的动作不紧不慢，举手投足，浑然天成，配合得那么默契，那么自然和谐。地垄上放着一部不大的录音机，播放着五六十年代的老歌曲。忽然，一曲黄梅戏《天仙配》悠然响起。闻听着这情真意切的唱词，看着如影相随的他们，让我羡慕不已。如此优美的场景，如此浪漫的情调，这对老人真如一对神仙，下凡人间！

（14）劳动，对于他们来说，就是一种田园之乐。一起耕种，一起管护，一起收获，一起享受，其乐融融。大婶见老伴的额头沁出些许汗珠来，就劝他休息会儿。说罢，给他递上了一杯水，大叔用毛巾擦了一把汗，笑盈盈地接过了水杯，接着打开了杯盖，往杯盖里倒了些水，递给了大婶，两人微笑相视着，小口喝着水。一幅相敬如宾的温馨画面，没有矫揉造作，只有真情流淌……

（15）细细地端详着满园的牵牛花、辣椒花、豇豆花和各类蔬菜。我想，他们养的不是花，种的不是菜，他们是在守护着一方静谧的心灵的"世外桃源"。

（16）一篱繁花，两颗素心，心心相依，默默相守。这一对白发老人，不带缁尘半粒，用纯心和爱心，默默守护着彼此……

（17）我手扶着园子的篱笆，静静欣赏着这对老人，就如欣赏着一幅闲适的田园人物素描画卷。相亲相爱的一对老人和一篱素花、一块菜园浑然融合在一起，那么自然，那么亲切，那么温馨。

1. 第4自然段的括号里，该填写一句什么样的话。
2. 第6自然段画线句子，表达了这对老人什么样的心情？
3. 第10自然段的斜体字句子，运用了什么手法，这样写对突出主题有什么好处？
4. 第11段，看似闲笔，却有着自身的作用，请你谈谈自己的理解。
5. 第15自然段和第16自然段可否调换，为什么？

参考答案：

1. 他们的心境如此悠然。
2. 这对老夫妻认为牵牛花进了菜园子，既可以装点菜园，增加趣味，又可以保留一片美好。体现了他们热爱大自然，即便是野花，也会让它绽放生命的精彩的思想。
3. 对比。作者将年轻人与这对老夫妇对比，旨在突出老夫妻在经历一路风雨后，包容对方，同甘共苦、相濡以沫，才是最实际的长相厮守。（意思答对即可）
4. 看似闲笔，实则是过渡段，起到了承上启下的作用。意在表达，如同牵牛花、格桑花的普通人，依然可以活出自己的精彩。
5. 不能。第15自然段紧承前面，描写菜园里一对老人的画面，并做了延伸；第16自然段是针对全文的升华、留白，所以它们不能调换。

火树银花年味浓

（1）夜幕垂下，黛色夜空如布，将苍穹遮掩。

（2）我从廊桥南段起步，迈开双足，踏上横亘在凤凰湖上的廊桥。

（3）彩色电子灯里的"羌城不夜天"几个字，依然散发着它的魅力，两侧的红灯笼依旧不分昼夜地在风中摇曳着，店铺招牌仍旧在重复着昨天的模样，叫卖声、广告词、流行歌曲……全力以赴地替主人工作着。

（4）然，有一样东西让我的第六感悄然涌动。廊桥上的东西两边夹起的空间，完全被一串串圆溜溜的红灯笼所占据，密密匝匝的，但不拥挤。哦，原来是要过年了。

（5）我在大脑中极力地搜索信息，数日历，的确，临近春节了。或许是因为工作忙，或许是几天没回小城，或许是反应有些麻木，或许……

（6）按照原有计划，顺着迎宾大道往西走，一路上的风景，令我应接不暇。

（7）路两旁的法国梧桐，穿上了"电子衣"，或宽阔版，或修身版，尽显风流。它们不停地闪烁，眼睛里蕴含的光芒，一闪一闪地划破了寂夜，恍若流星，一个个美丽弧度交汇，织成了一片霞，忽明忽灭，装饰着美丽小城，成就了一处瑰丽的街景。

（8）渐行渐远，走到民乐广场，更是惊诧，大背景的色彩更深了。

（9）树干和枝条上皆有"星星点灯"的炫美。远观，好似黑夜中繁星万点，有玫红，有靛蓝，有银白……暗夜中光与电、动与静，给我带来了独特的美的享受！

（10）"流光溢彩映小城，火树银花不夜天"，行走在广场上，感觉人在画中游，亦在天宫神游……

（11）没过多久，又到了每日跳锅庄舞的时间了。男女老少，有着羌族华服的，也有穿便装的，自发围成了圈，将"锅"（阔竹围成上下镂空的圆台，中间用红绸做成火焰）包裹在中间，手拉着手，尽情地跳动着。可谓是：兄弟姐妹舞翩跹，歌声响彻月弯弯！

（12）不是天宫，却胜似天宫。

（13）住在这里的居民幸运至极，拥一束绵软的光，以此温暖如冰的寒夜；陪一树锦绣的影，以此烘暖如水的岁月……

（14）各色电线在树上缠绵，紧拥着，焕发着神奇的魅力，逼走冷冬，喜迎新春。看着，走着；走着，想着。我心渐暖了，那眼眸中的火树银花，温暖了我的双眼。

（15）我不禁浮想联翩，欲乘风归去，邀春姑娘一同来到小城，潇洒抛袖，划过优雅的弧度。随后地上便有了如茵的浅草、似锦的春花、若绸的湖海……

（16）草长莺飞，一年之计在于春。春，渐行渐近了，孕育的美好渐渐开启了……

（17）人造星星漫山遍野，路旁、广场上所有的树皆已星光闪耀，盏盏红灯笼点缀在枝丫间，流光溢彩！

（18）年，近了；城，美了；心，暖了……

1. 第5自然段运用了什么修辞手法，作者省略的是什么？
2. 第6自然段，在全文中起到什么作用，请谈谈你的理解。

3. 第7自然段运用描摹技法,这样写,有哪些好处?

4. 第14自然段"我心渐暖",如何"暖"的,请回答(可用原句,也可自己概括)

5. 第16自然段"一年之计在于春"用在这里,有何作用?

参考答案:

1. 排比。作者省略的是"或许,忘记了时间会过得如此快"。(这个没有统一答案,学生答案能和前文连贯即可)

2. 承上启下。一是引领读者跟着作者顺着迎宾大道走;二是引起读者的阅读兴趣。

3. (1) 铺陈、渲染夜景;(2) 运用动词增加句子带给人的动态美,增加带感;(3) 语言俏皮活泼,使文章趣味性增强。

4. 拥一束绵软的光,以此温暖如冰的寒夜;陪一树锦绣的影,以此烘暖如水的岁月……

作者看着各色灯光,尤其是暖色调的灯光,引起作者无限遐想,尤其是在寒冬的夜晚,见到此种灯光,心里感觉暖;居民生活在如此华美的小城,生活质量提高,作者心里暖。

5. 一年之计在于春,是说一年美好的日子从春天开始,良好的开端是成功的一半,春天即将到来,人们美好的日子拉开了帷幕。

遇水花开

(1) 夏季炎炎,本是常事,而今夏,却不是如此,雨,很多,用伞的时候,就更多了。

（2）家里的衣帽钩上挂了好几把雨伞，我却喜欢这把粉色伞，不因别的，就喜欢"遇水花开"的美好。

（3）去年，我准备去成都独行，结果出门了，想起来忘带雨伞了，便顺口说自己太粗心。恰好，闺密燕的单位里的美女莉说，她有伞。我怎能拿走？别人用什么？我心想。

（4）她却说，姐，你拿一把新的哦！我想，她买了几把伞啊？可她告诉我，她买了两把。于是，我就拥有了一把粉色雨伞。

（5）到了成都，早上六点钟不到，出了火车站，发现正下雨，我将粉色雨伞撑开，那时，我的心里涌起一股暖流，挺舒服的，尤其是在异地他乡，带着家乡人的雨伞以及美好祝愿，好像不是单行，而是有她——莉，一起相伴。

（6）走着，走着，遇到肯德基，我准备走进去，点一份早餐，顺便等天亮，好坐车。

（7）进去后，将雨伞本能合住，却发现，光面的伞布上开满了一朵朵花儿，轮廓分明，很有立体感，上面分明还缀着几粒雨珠，白色，圆润，晶莹剔透，像是一颗颗玉珍珠，与粉色镶贴，更加小清新，坐了一宿的火车，一身疲惫顿然无影无踪了。

（8）真不知道，这把伞上的花儿能遇水而开，这让我又一次张开想象的羽翼。**花，遇到合适的时候绽放，人，似乎也如此，遇到合适的人精彩。**

（9）花，是人间真情的象征。夸赞人开心，说一句，你笑成花了；窗户上挂满霜，叫霜花；贴着彩画，叫窗花；碗中汤面上漂浮起的彩色涟漪，叫油花……

（10）（　　　　）三月，油菜花开，我们驱车四五个小时，到汉中，追着金灿灿的花儿奔跑，将内心的满足也外化到脸上,开心的样子,俨然就像油菜花;六月,看荷塘里的袅袅婷婷的花儿,婀娜多姿,微风过处,花瓣摇曳,碧叶上的一抹清雅,点点滴滴化在花里,我身穿中国风长裙,穿行于荷塘的小径上,宛若荷花,美不胜收,韵味十足;七月,火红的石榴花,欲与烈日一争高下,骄阳似火,烤出来的石榴花,格外红,惊艳了周遭的静绿,还有头顶的蔚蓝,我跑到石榴树下,不停地"咔擦",像是要把我的热情开成一朵石榴花。

(11)(　　　　)许多热血青年全力奋斗、拼搏,就为了参军时能顺利佩戴上那朵象征光荣的花。在这一过程中,会有各种淘汰,可他们心中依然有着一朵红似火的花,火一样的红色,不停地燃烧,不停地绽放,不停地憧憬自己戴上大红花的样子;各种荣誉,给一些人带来莫大的希冀,想象自己荣耀一方的欣喜,并为这朵花而努力着,奋斗着。

(12)看着手中的粉色雨伞,我心里愈加不平静,那朵花,在我心里静静地生长,含苞待放;那朵花,在我心里柔柔地滋养,静等遇水绽放的精彩!

(13)每个人,或许都是一颗花种,遇水便能生长、开花。高山流水遇知音,一生花开觅雨水。

(14)一生之花,何时、何地绽放自己的精彩,那就看遇到雨水的迟与早。神说,天机不可泄露。我却想说,只要愿意活成一朵花,总有绽放时!

1. 第2自然段作者说偏偏喜欢"遇水花开"那把伞,在此段,这样写的目的是什么?

2. 第3自然段运用了什么细节描写,这样写有什么好处?

3. 第8自然段的黑体字句子，在文中起到什么作用，说说看。

4. 请给第10、11自然段括号内填入适当的概括性句子，作为该段的中心句。

5. 第12自然段作者为何说自己心里愈加不平静，说说你的理解。

参考答案：

1. 通过比较，选出自己喜欢的"遇水花开"雨伞，表明唯一性，另外，在此，引起下文。

2. 语言描写和心理描写。好处：更真实，更能引起读者阅读，产生共鸣。

3. 画龙点睛。

4. 花，是人间最美的景色。花，是人最美好的憧憬。

5. 作者看到粉色雨伞遇水花开的情景，联想到自己，何时才能将心中对生活充满憧憬的花朵，从含苞待放到精彩绽放。

古 城

（1）当我的脑子里涌现出"古城"两个字时，我的心早已飞往生我养我的凤州古城。早在幼年，我便知这个古城有着威武的城门和连绵起伏的城墙。

（2）耳旁时常听到大人们说："我进城去呀！"当时，我不解其意，就问父亲，才知东城门关闭是有时间的，而住在城外的人，若是进入城内购物或办事，不慎超时就出不了城门。听父辈讲，当年古城里面热闹非凡，各种店铺应有尽有，打铁铺、面馆、照相馆、调料店……城外面的人进城是一种莫大的向往，住在城里的人不免就有几分自豪感和优越感。

（3）据《南岐州志》记载："凤之州名，其疆理与凤翔府邻，周兴，凤鸣于岐，翱翔至南而集，是以西岐曰凤翔，南岐曰凤州。"县袭州名，凤县的名字便始于此。那时的古城车水马龙、人头攒动、热闹非凡。

（4）如今，那个繁闹的古城街市在流失的光阴里一去不返了，成了一座回忆中的古城，东西面的高高的城墙早已是残垣断壁，几米厚的黄土墙依旧在经年中毅然矗立着，见证着历史的沧桑。我每次登上北门外的豆积山远眺时，总有几分伤感。

（5）古城中至今保存着为数不多的明清建筑遗址和一条东西两头低中间高的老街道。从西门进入的话，就可以见到御笔亲提的院宅，乌黑发亮的土木结构的房子，屋内石板地面明显留下斑驳的印迹，透过这些，仿佛看到了千百年前的盛况。移步换景，走在那条久负盛名的古街上，虽有一些地方残损不全了，但当年我在这条街道上快乐玩耍的情景，却清晰地印在我的脑海、我的心上。

（6）这么多年过去了，今天，当我站在秋风里望着这条古街的时候，依然回味咀嚼着那一个个生龙活虎、俏皮捣蛋的场景，不禁哑然失笑。

（7）当年的县衙已经迁至双石铺镇了，庆幸的是那座文庙大成殿还在，殿宇巍巍，彩栋飞檐，气象雄伟，月台南岩有斜立石雕云龙大青石一方，庙院古柏参天、气势轩昂，屋顶长满了沧桑的见证——瓦松、荒草，在四季风中微微摇曳着，像是在述说着经年的故事。

（8）现在文庙已经焕然一新，每每回到古城，我总要挤时间去小学和文庙一趟，如今，两者之间隔着一堵砖墙，却没能隔断我的回忆，我总会怀着崇敬之情朝孔圣人塑像拜上几拜，表达对这位大思想家、大教育家的启蒙之情。

（9）经历这么多年，古城里的各种故事依然那么清晰，总会在梦境里出现。每次归来，我都免不了要在古城转悠一圈，背靠在斑驳的古城墙下，任由太阳光辉洒在脸上，心里有一种暖暖的感觉。

（10）轻轻推开那斑驳的老院门，走过狭长的过道，一座小四合院展现在眼前，在小院里慢慢踱着步，脚下是凹凸不平布满青苔的砖面，一种历史的厚重感、沧桑感油然而生……

1．第3自然段运用了什么修辞手法？好处是什么？

2．第4自然段画横线的句子在结构上有什么特点，作者为何"伤感"？

3．第5自然段作者运用了联想，由什么联想到了什么，想表达怎样的思想情感？

4．第8自然段作者说自己见了文庙里面的孔子，总要拜上几拜，写这件事情的目的何在？

5．第9自然段当中"暖暖的感觉"从何而来？

参考答案：

1．直接引用。好处：表明名字的来历是有据可查的，增加凤州古城的厚重感，体现"古"味。

2．转折，引出下文。伤感的原因是：昔日古城街市的繁华已逝，如今只留下一些残垣断壁，无形中，增添了一丝悲凉，故而，作者伤感。

3. 由院宅、乌黑发亮的房子、斑驳的地砖联想到千百年前繁华的小城；由残损不全的街道，联想到幼时在这条老街上玩耍的情景。表达了作者对古城念念不忘、难舍难分的思想感情。

4. 通过拜孔子，追忆当年在文庙上课的情景，同时也说明自己能有今天的成绩，也是得益于在古城文庙的启蒙学习，另外，也告诉读者，学习儒家文化，对将来的一生都很重要。委婉地提出，尊重知识，努力学习的思想。

5. 作者在古城的故事，现在，回忆起来成了一种财富，一种美好。时光回不去了，但能有这么多的记忆存在，有了念想，感到古城有温度，自然心中觉得温暖。（学生意思答对即可）

善良，有时就是一种成全

（1）善良，是开在每个人心里的一朵花。

（2）然而，有人喜欢坚守在这朵花的近旁，悉心照顾它，不改初心，使其茁壮成长在岁月里，绽放出绚烂无比的笑脸；有些人，却过早地掐死了这朵花。

（3）世界上任何人、任何事都有可能相遇，要么互相欣赏，心生善意，开出最美的花来；要么彼此冷漠，擦肩而过。

（4）埃及一部时长四分钟的微电影，无配音，无字幕，只有画面，名叫《另一只鞋子》。里面的小男孩，因父母忙于生计，无暇顾及他，即使脚上的鞋子，已然快报废，只要能被脚带着走，就不需要过问。

（5）有一天，小男孩右脚上的鞋子，坏了，不能走路。他坐在街角，手里拿着坏了的鞋子，左右捏，前后看，也无果，他的眼里掠过一丝无奈和忧虑，不免伤心起来。

（6）街上的行人，来来往往，却无人正眼瞧他，更别说关心他的窘况了。一个地地道道的穷小子，没有任何理由引起路人的注意。

他透过人群的缝隙，迷茫地寻着，望着……

（7）忽然，一对父子的四只脚，闯进他的眼眸。那是和他年龄相仿的一个小男孩，白袜，黑皮鞋，闪闪发亮，太阳洒在上面，若镜面。

富家小男孩，停下脚步，他用白绢擦拭着脚上的黑皮鞋。一下，两下，来回擦拭着，一次又一次地重复着上一个动作。

（8）穷小子就在想，这双鞋子，定是来之不易。否则，他怎会如此在意。或许是生日礼物，或许是考试成绩好获得的奖品，或许是妈妈出差临走时买给他的鞋子，或许……

（9）一时间，穷小子看得出神，不自觉地，眼睛发呆。他再低头看看手里紧紧拿着的鞋子，心生艳羡。

（10）就在这时，火车到站。富家小男孩的父亲，拉着他的手，拼命奔跑，挤火车。途中，他掉了一只鞋子，他很想挣脱父亲的手，回身捡鞋子。可是，父亲不给他机会。

（11）他，无奈，惋惜，心痛……

（12）穷小子见那只黑色小皮鞋躺在地上，被赶车人踢来踢去，他高兴，羡慕，着急，心情格外复杂。他顾不了那么多了，光着一只脚，挤进人群，抓起鞋子，奔向车站。

（13）火车启动了。车跑，穷小子追着跑。

（14）富家小男孩，将手伸出车窗，大声呐喊着，穷小子在下面追跑着。此时，他真像一个追风少年，追着，跑着。

（15）手里抓着鞋子，继续奔跑。火车的速度越来越快，他追不上了。

　　富家小男孩，脱下脚上的鞋子，扔了下来……

　　（16）如不是我的，我会把我得到的，还给你。

　　（17）若我无法得到，我会把我有的，送给你。

　　（18）善良遇到善良，自会开出全世界最美的花来。

　　（19）林语堂说，捧着一把茶壶，把人生煎到最本质的精髓。

　　（20）这两位小男孩，一开始，就把善良这朵花，煮进茶壶里，萃取了茶之精华，以其煎熬出涵养和内心的宁静。

　　（21）善良总与温暖、感动、励志相随，倘若，善良在正确的时间遇上对的人，那将会是一种莫大的力量，瞬间联结彼此的心，谱写出人生最精彩的华章。

　　（22）回眸这两个同龄小男孩，一穷，一富，却因一双鞋子，成全了金子般的善良。

　　（23）善良，有时就是一种成全！

　　1. 第3自然段"要么……要么"两个分句之间呈现出来的是什么关系，各个分句内部又是什么关系？

　　2. 第6自然段末尾的省略号在本文中起什么作用，请选出正确的选项（　　）

　　　A. 用于引文的省略；

　　　B. 省略同类词句；

　　　C. 用于重复的词句的省略；

　　　D. 表示话没有说完；

　　　E. 表示声音的延长；

　　　F. 表示语言的断断续续；

G．表静默或思考；

H．表示内容的省略。

3．第 16、17 自然段，它们之间是什么关系？

4．第 19 自然段引用林语堂的话，有何深意？

5．第 23 自然段为什么和标题一样？

参考答案：

1．外部是选择关系，内部是假设关系。

2．H。

3．辩证关系。

4．提高文章内涵，卒章显志。

5．为了扣题，形成首尾照应的结构，有点题作用。

晚　秋

（1）农历九月，已是晚秋。

（2）今早，同事说重新摆放办公桌，我默许，并配合实施。恰巧，我的桌子靠窗，抬眼便可见窗外韵味浓郁的秋景，伸手便可摸到不久后将使用的暖气片，转头又可见盈满生机的绿萝。

（3）我暗自庆幸，我拥有一块"宝地"。

（4）对于一个对美感极为珍惜的人，怎可错过如此好的机会。于是，我静立于窗前，透过玻璃，欣赏窗下那片绿草，以及它身上散落着的片片黄叶，宛若一块块蜜蜡，颜色饱和度极高，和周围有些冷淡的色彩相较，无疑多了几分活泼，几分诗意，"一叶落秋城"的意境在哪里？恐怕早已从明代穿越到现在，就在眼前，就在这片绿草上。

（5）一片片黄叶自由飘舞，落在浅草上，绿黄相衬，格外夺目，像是女儿家的连衣裙，俨然一副小清新，不媚俗，不自我，即便是落地，亦是一种风景，装饰了我的眸子，装饰了我的梦，装饰了这个季节——晚秋。

（6）举头看看依旧坚守在树杈上的叶子，虽不及先前密集，但，别有一番韵味。那一个个树杈，像伞架，稀疏的黄叶，却像一块花色伞布，我不由得浮想联翩……

（7）常言道："有容乃大。"这把巨型"伞"，正是如此，似乎欲把这个秋天飘落的叶子，天上的云彩、月亮、星辰……统统收入囊中。

（8）今天，是阴雨天。不是风轻云淡，到处湿漉漉的。地上的叶子仰望着挂在树杈上的叶子，微微一笑，风采依旧。或仰或卧，都那么安逸；或站或立，都那么从容。它深知，这个季节需要这些黄叶——一个个小精灵，它们活跃起来，晚秋依然活力满满。

（9）秋风中，几片叶子离开树杈，优雅旋转后，缓缓落地。仿若一只只黄蝶在空中曼舞，姿态翩然，自我陶醉，直到让我也倾心醉眸。

（10）我喜欢看这种来自大自然，返归于大自然的舞姿。很有《白杨礼赞》中的"白杨精神"：知恩报恩。

（11）秋风起，黄叶落。一场秋景胜美图。

（12）"秋风萧瑟天气凉，草木摇落露为霜。"霜降已过，地上开始结霜，天气转凉。这会儿看着橙黄的落叶，反觉得这个季节不再那么凉，生出几丝暖意来。

（13）望着窗外的晚秋，游目骋怀，半天也拉不回漫游的思绪。就在此时，一行大雁却从空中飞过，更能告诉我，这已是晚秋。李清照见大雁曾抒怀："云中谁寄锦书来？雁字回时，月满西楼。"此时，我的心绪莫名地变得忧愁起来。

（14）因生计，我们聚少离多，常年如此。如今，看着雁阵掠过，心中的落寞若能随着大雁飞往，亦能了却我愿。

（15）我做了几个深呼吸，调整我的心绪。可我的思绪像脱缰野马，继续驰骋。我思考这一年的收获，从春到秋，历经三季，收获甚微。扪心自问，为何我还不及这落叶？今年所剩时间仅为一年的六分之一，我还能在两个月里收获什么，难道要苍白地奔向下一年？

（16）想到这里，我顺手摸了摸我的脸，微热。低头不语。

（17）晚秋不晚，风景依旧。

（18）满山墨绿包裹着几簇复古红，一排排黄绿相间的杨树，偶尔还有几棵梧桐树在秋风中飒飒作响。这时的雨丝又连绵不断，我又想起那句"梧桐更兼细雨"。若将时间置换成夜幕垂下之时，或者是晚秋的深夜，灯下临窗而坐，细听窗外淡淡的雨声、敲打树叶的声音，混合成晚秋的音乐，堪比丝竹声。慢慢地，一点一点地渗入，渗入……

（19）忽然，一簇簇火棘钻入我的眼帘，像是改变了我失落、忧苦的心，使我终于有笑颜。索性，端来一杯茶，不过今天这杯不是红茶，亦不是清茶，而是一杯小青柑茶，那颜色和窗外的部分枯干的秋叶很像——成熟色，在开水的浸泡下，缓缓舒展开自己的身体，由蜷缩状变成了直立状态，却很秀气。同时，发出淡淡的清香味，沁人心脾。

（20）那一颗颗宛若南红的火棘，让我感到这个晚秋已不是那种迟来的美，而是一个奔放、热烈的季节。倘若从这个时候开始努力，为时不晚。一时间，我的脑子像是开窍了，诗情大发，顺口胡诌起来："一生轰烈终不悔，满怀豪情秋风醉。东西南北仍矗立，笑看流年歌声飞。"

（21）谁说晚秋就是"无边落木萧萧下"的凄凉，也有红彤彤的感觉。

（22）心若年轻，岁月不老。

（23）"自古秋风悲寂寥，我言秋日胜春朝。"人想要活得有感觉，有收获，就得像这晚秋，有黄、绿、红各色，使得自己的人生更有滋味，更有一种梦幻般的绮丽。

1. 第3自然段中"我暗自庆幸，我拥有一块'宝地'"，说说此处"宝地"所包含的意思。

2. 第5自然段中"装饰了我的眸子，装饰了我的梦，装饰了这个季节"化用了哪个派别的诗人的句子，是哪一句？

3. 第15自然段作者的一番"扪心自问"在文中起到什么作用？可否删掉？

4. 本文作者的心绪线索是什么？与文章主旨相悖吗？为什么？

5. 第23自然段中"自古秋风悲寂寥，我言秋日胜春朝。"的诗句，属于什么修辞，用在这里有何意图？

参考答案：

1. 冬能取暖，夏能吹风，又能欣赏窗内窗外风景。

2. 新月派卞之琳《断章》，"明月装饰了你的窗子，你装饰了别人的梦"。

3. 起到升华，推进文章主旨的作用。不可删。

4. 喜—愁—笑。不相悖。原因是作者想通过自己心绪的变化，体现出对晚秋的珍爱，对生活的感悟。

5. 引用。起到概括和转折的作用，为作者下文直接抒怀做好有力铺垫。

藏在内心的"样儿"

（1）"样儿"，听起来都很有感召力和想象力，多么好。

（2）在父亲那里，就有了花样，不一般的模样。

（3）幼时，大弟弟抢我面前的西瓜吃，父亲说让我要有个当姐的样儿。当时，我就在想，"样儿"就是有好吃的让着弟弟。

（4）几年后，我在临街门面的门口，坐着一只三条板子钉的小板凳，吆喝着卖瓜子。父亲说卖东西得有个样儿，买主来了，要微笑，要问候，拿酒盅盛瓜子时要装满，倒进对方口袋里，再笑着收钱。那会儿，我认为，"样儿"，就是热情服务。

（5）等到我上小学了，父亲高兴，送我到校门口，一边帮我把花布书包摆正，一边嘱咐，学生就要有学生的样儿。我费解，全然抛到九霄云外，按部就班上下学。

（6）父亲早在巷道口迎我了，老远就看见他脸上怒放这一朵花，蹲下身子，张开双臂，哎哟，我们家的学生回来了。转而，他看着我的头发蓬乱，脸上还有几道污痕，书包偏离胯部，脸上绽放的花，逐渐收敛，但未完全闭合。燕，当学生了就要有个样儿。我觉得，"样儿"就是模样周正。

（7）谁料，我在小学毕业时患上了黄疸肝炎，那时，这个病难治，基本上采用保守治疗。我用一双泛黄的眼睛瞅着父亲。他说，有病了咱治，也得有个跟病魔做斗争的样儿啊！父亲发动母亲和两个弟弟去河滩、坡地挖茵陈，据说茵陈有抵抗我这个病的作用。父亲亲自给医院大夫说，不管花多少钱，我就是砸锅卖铁，也要给我女儿看好病。

（8）父亲好久都不出山了，一看治疗费用的确不低，索性重操旧业，干起瓦匠、木匠来，多挣点好贴补家用。

（9）命运还是挺照顾我的，一个多月后，大病初愈。父亲克制不住内心的激动，这才是我家燕的样儿！"样儿"，就是坚强。

（10）我初中，学校整体搬迁到镇上，与家距离将近三公里，父亲招呼母亲赶紧给我缝制被子，住校要有个样儿。

（11）住校能有什么样儿？

（12）父亲在下午五点多，去砸供销社门市部大门，人家下班一会儿了，他又跑到人家段叔宿舍，告诉段叔他要买一床新棉絮。段叔一脸诧异，半开玩笑，你这比赶嫁妆还紧啊！

（13）父亲把"三新"被子捆在自行车后座上，他坐座位上，将我放到他怀里的三角梁上，上坡下坡，没下过车子。我耳膜被粗短的喘气声充斥着，一声比一声紧。我建议父亲下车走走，父亲却说，到镇上读初三，就得有个样儿。我还在思忖着，耳旁的急促的呼吸依旧。哦，"样儿"就是全力以赴。

（14）我读了高中，两个弟弟还在初中，三个人的学费就得二百元，对于我们这个家庭来说，就是一个天文数字。我提出辍学，我说我一个女儿家家的，上那么多学没用。父亲义正词严地说，做父亲就得有个样儿。这时，我懂得，"样儿"，就是努力、呵护和责任。

（15）次日，父亲留下我在家做家务，带着母亲和弟弟们去后山砍竹子。晚上八点多，正月头上天气还不是太好，他们四人拖着四捆竹子回来了。父亲说，我会让它们变成应该有的样儿。

（16）说来也怪，从未见过父亲编灯笼，这次算是长见识了。鲤鱼跳龙门、玉兔静卧、龙凤呈祥、双羊较量、仙枝寿桃……这次灯笼总共收入逾二百元。

（17）后来的我读大学，买房子，父亲总说你看，花有花的样儿，草有草的样儿，人也应该活成自己的样儿！

（18）我努力拼搏，努力活成自己的样儿！

（19）原来，藏在内心的"样儿"，就是让万物，包括我在内，活成自己的样儿！

1. 文中围绕着"样儿"写了几件事？分别是什么？
2. 我心中的"样儿"变化轨迹是什么？请简单列举出来。
3. 作者由我的故事写到父亲的"样儿"，意在何处？
4. 第13自然段第一句中的"三新"指的是什么？
5. 文章最后三段多次强调"活成自己的样儿"，之间有什么逻辑关系？说说看。

参考答案：

1. 六件事。分别是抢西瓜、卖菜、上学、患病、住校、编灯笼凑学费。

2. 样儿，就是好吃的让着弟弟——样儿，就是热情服务——样儿，就是模样周正——样儿，就是坚强——样儿，就是全力以赴——样儿，就是努力、呵护、责任。

3. 作者是想由己及人，将"样儿"的主旨升华，并非只是父亲要求"我"有个样儿，他自己更要有个样儿。这样，为下文作者写所有的人身上的样儿，对凸显主旨起到铺垫作用。

4. 新被面、新棉花、新被里。

5. 递进关系。第17自然段提出观点，第18自然段结合自身，第19自然段总括，点题。

雨天，记得带把伞

（1）雨，不紧不慢地飘着，落着，一丝一丝，斜斜地，湿润从空中到地面，似乎不打一点折扣，自由，闲适。雨中人来人往，各色伞，阻挡着雨滴，它不落在行人的头上、发梢，或者肩膀和脚面上，依旧自唱自欢。

（2）我喜雨，曾在书本和影视上见雨打芭蕉，烟雨楼台，那缥缈如纱，细雨如歌、如诗的意境，朦胧主调浮上眼眸，不禁想胡诌几句，不负光阴，不负雨景。

（3）夏，已过半，这几日的雨却不那么狂躁，温柔无比，俨然忘记了这是在阳历七月。

（4）适逢周五，搭同事顺风车去市上。从小镇出发的时候，天，微阳，闷热，我穿的粉蓝方格棉布旗袍，都觉得脖颈里有些微热，心想，自己走时该把那件低领盘扣中国风裙子换上。后悔，已无济于事。

（5）到了市上，天微雨，我又庆幸自己没换衣服。我的电话响了，是母亲的，燕，雨天，记得把伞带上！

（6）曾几何时，我也给正在上小学的儿子说过这句话，他头也不回，冒雨去学校，望着他的背影，我将雨伞紧紧攥在手里，怔怔地，数秒后，反应过来，赶紧去追。

（7）我追他跑，还扔过来一句话——这点雨，没事！

（8）而今，母亲不知是感觉世上有雨，还是习惯性的关心，千叮咛，万嘱咐。她曾告诉我，晴带雨伞，饱带干粮。而在我成长的几十年，时常忘记，偶尔会在车站、地铁口花十元钱买一把伞，结果有时身上已经湿了许多，只是为了衣服不再湿，才买一把便宜伞，凑合，因而，家里这样的伞有许多把，母亲说我已经能开伞店，可是，我还是源源不断地往家里买伞。

（9）人这一生，不经历风雨怎么见彩虹。然而，雨来了，有能力在雨中奔跑，就可以淡去对伞的渴盼；倘若没了力气，那时，则需要一把能避风雨的伞，旧点也好。唯恐，某些人一生的词典里缺少"未雨绸缪"四个字，只懂得随遇而安。

（10）人啊，走着走着，就散了；日子，过着过着，就淡了。豆蔻年华却初识愁滋味，慨叹"黄连苦，人心恶，江湖险，人情薄"，似懂非懂，还觉得意味深长，认为很有成熟感。

（11）现在，已至中年，再次看到"雨天，记着带把伞"这句话的时候，心里颇有感触，曾经和儿子一样在心里筑起的一道安全墙，那点雨，不足挂齿，哪管前面有无暴雨，有无凶险。后来，在世事沧桑的磨炼中，逐渐泡软了墙根，总算有了坍塌的地方，不再硬生生地在脸上写下"坚强"两个字，将年少的轻狂放下，而是深深感觉到，雨天，有伞，心里全是暖，尽是浓浓的爱。

（12）雨天，有一把伞，会觉得格外温馨，伞上滑落的不是雨珠，而是泪珠，感动的泪。伞，如阳光，那些连绵的雨见光散去，胸中更暖。

（13）当今，人们的脚步里总有匆匆的影子，来不及看路旁的风景，更忽略了街角转弯处的美丽，时常提醒一下自己，给自己一个微笑，去看这个世界的美好，去在意身旁的温暖。

（14）雨天，记着带把伞！

1．作者写"雨天，记着带把伞"运用了什么手法，把三代人串在了一起。

2．第9、第10自然段运用了哪种表达方式？哪种修辞？这样，有什么好处？

3．简要说说第11自然段画横线的句子的含义。

4．文中的"伞"有何引申意。

5．试从全文的语言和结构两方面对文章做出分析。

参考答案：

1．联想。

2．议论；排比；使得作者的观点更加清晰、形象，有气势，容易和读者产生共鸣。

3．认为母亲的关心和叮嘱是多余的，外面的一点风雨不会影响到自己前进的道路和信心，自认为是安全的，别人的话，听不进去。（意思答对即可）

4．本文中的"伞"已不是客观存在的雨伞，而是一把保护自己的伞，让心灵成长、成熟的"催化剂"。（意思答对即可）

5．语言上，清新、诗意、温暖；结构上，曲折多变，多次运用起承转合结构模式。

父亲的小屋

（1）今年是父亲的本命年，他说干吗都得谨慎，我觉得匪夷所思。

（2）他一辈子都离不开养殖家禽和牲口。从我记事起，他就喂养来航鸡，那会儿的规模，在村子里可谓是盛况空前，两百只鸡仔，在竹篱笆里撒欢儿，"叽叽叽"的叫声，充斥着家里所有人的耳膜。起初几天，我们小孩还觉得稀奇，趴在竹栅栏上，观看群鸡抢食、啄虫追撵，甚至不停地喊："加油，加油！"

（3）一场鸡瘟，鸡群如排山倒海，一片，一片地倒下，父亲心疼许久，不言语，只顾抽烟。

（4）养鸡不行，又盖圈，养牛，养羊。我家后院几乎就是牲口棚，五头牛，三只羊，成为邻居，"咩，咩""哞，哞"二重唱一般，粪便臭气熏天，苍蝇蚊子也来作乱，让人又气又恼。可父亲却认为，他们既可给自家耕地，代工，又可给别家耕地挣钱，投资成本仅是时间和人工，挺合算。

（5）父亲嫌后院面积太小，又带领全家去猴石沟附近披荆斩棘，开垦沙田。他首先必须给自己设计一个小屋，晚上守在这里，看护玉米、向日葵、西瓜、苹果、桃子和蔬菜。

（6）他转念一想，这些农作物要是能用上农家肥，风味绝对纯正。于是，又在小屋的西头，盖牛圈、羊圈，东边夹鸡圈。白天，散养土鸡，看养牛羊；晚上，自己住在小屋，照管隔壁的牛羊。

（7）说起小屋，三面有土墙，一边近土崖，上面依然绿草依依，风起，一尺多深的野草便摇曳，冬天，夜晚，风带哨是常事。父亲不听劝，却说小屋里有炕，暖和。

（8）土炕，靠西墙，南墙上简易木门和窗户，在它们之间，盘了柴火灶。父亲觉得小屋里动了烟火，很暖和。冬天，蜷缩在热炕上，盖着被子，凉风抵不过炕上的热气。

（9）父亲横竖都有理，说什么也不愿住家里的新房，他甚至会抛出一个理由来，说，他喜欢那里的青山闲云、牛羊成群、绿苗红果，风景无限好，很田园，绿色又环保。

（10）父亲守着小屋，一晃，二十五年过去了。

（11）最近，洪水泛滥，肆虐，无情，咆哮而来，离小屋的距离越来越近，越来越近。父亲心想，多少次涨水，都未能伤及小屋一片瓦。河床水位低于小屋近两米，不会有事，他很自信。

（12）等他走到河边，发现水位的确在逐渐上涨，他动了一点心思，赶紧将三只羊的羊奶挤掉，装进瓶子里，以此减少羊的自重，牵着它们去了南面的山上。然而，洪水并未照顾和体谅一位年逾七旬的老人，依旧展开猛攻，小屋的根基没一点动静，软软的，倒塌了，将屋内的背篓、锅碗瓢盆埋压，然后，随着水浪的力量，那些小物件漂在土黄色的洪水中，一路向西，向西……

（13）我没见到父亲，我猜想，这次对他打击很大，急忙打电话安慰一下：只要人安全着，其他的都是身外之物，别想那么多了，赶紧回家吧！

（14）一连几天洪水，终于消退了。我在早上上班的公交车上碰见去镇上的父亲，我又询问了受灾情况，没想到，父亲一脸笑容，很淡定地说，没事，还有没冲完的东西呢。

（15）父亲的小屋没了，鱼塘里的鱼儿也被卷走不少。可父亲说，也有漂来的鱼。我诧异，很快又冲父亲一个微笑，顺手竖起拇指。

（16）父亲心中的小屋依然矗立在原地，任何洪水都无法撼动，一抔土，一根木椽，一片瓦，一块油毡，搭建的小屋，只是因光阴久远而愈加坚强，只因那小屋里有一颗强大的初心。

（17）生活中有许多风雨、洪水，而想要一生守住强大的内心，那就得有一个小屋。

（18）自古而今，人歌人哭则转瞬消融于四季风动与流水声响。这亘古与瞬间的落差，是生命常态，也是天地本然。在转身的一刹那，将离开的放下，将拥有的温暖留住，这便是心中永远屹立不倒的小屋！

1. 第1自然段，在全文有何好处？
2. 第7自然段和上一段之间是什么关系？
3. 第9自然段表达了父亲的什么心理？
4. 第14自然段表现了父亲是一个什么样的人？
5. 第17自然段中的"小屋"指的是什么？

参考答案：

1. 一是做铺垫；二是引起读者阅读兴趣。
2. 承接上一段。
3. 用喜欢田园风格的生活掩饰内心的真实感受，实则离不开自己守了二十多年的小屋。
4. 乐观、豁达的生活态度。
5. 保护初心、留下来的一块属于自己内心的空间。（意思答对即可）